中国历代节令诗

天朗气清

张敏 选注

辽宁人民出版社

图书在版编目（CIP）数据

天朗气清：中国历代节令诗 / 张敏选注. — 沈阳：辽宁人民出版社，2018.10（2024.1 重印）
（中国历代古诗类选丛书）
ISBN 978-7-205-09356-3

Ⅰ. ①天… Ⅱ. ①张… Ⅲ. ①古典诗歌 – 诗集 – 中国 Ⅳ. ① I222.72

中国版本图书馆 CIP 数据核字 (2018) 第 163533 号

明　孙克弘 桃花图扇页

出版发行：辽宁人民出版社
地址：沈阳市和平区十一纬路 25 号　邮编：110003
电话：024-23284321（邮　购）　024-23284324（发行部）
传真：024-23284191（发行部）　024-23284304（办公室）
http://www.lnpph.com.cn
印　　刷：辽宁新华印务有限公司
幅面尺寸：145mm × 210mm
印　　张：6.25
字　　数：140 千字
出版时间：2018 年 10 月第 1 版
印刷时间：2024 年 1 月第 3 次印刷
责任编辑：娄　瓴
助理编辑：贾妙笙
装帧设计：丁末末
责任校对：赵晓雪
书　　号：ISBN 978-7-205-09356-3

定　　价：48.00 元

清　邹一桂　花卉图册　之一

清　谢荪　荷花图页

明　唐寅　东篱赏菊图轴

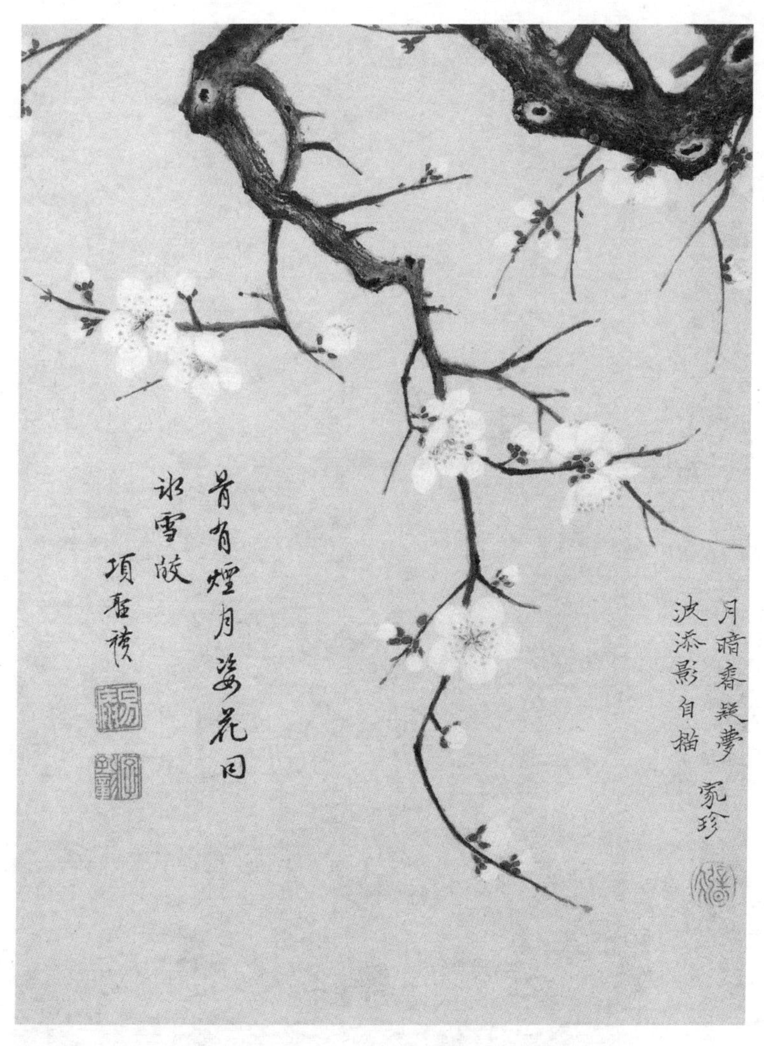

明　项圣谟　花卉图册　之一

中华民族的节日是和我国特有的农历（夏历）时令联系在一起的。这就是节令。

我国古代以立春、立夏、立秋、立冬以及夏至、冬至、春分、秋分为八节。在此基础上又发展到现在的二十四节。我国是最早进入农耕生活的国家之一，二十四节气可以说是古代劳动人民掌握农事季节的经验总结，是对农业生产的贡献。完整的二十四节气的记载，最早见于汉代淮南王刘安所撰的《淮南子》。

二十四节中有许多佳节，这便是我们现在意义上的节日。细查起来，节日、时令、生产三者之间有着直接的联系。比如“年”。年在《说文解字》中被解释为“熟谷”；甲骨文中的“年”字，是果实丰收的形象；金文中的“年”字，也是谷穗成熟的样子。可见年原是预祝丰收的喜庆日子，后来又逐渐成了岁的代称。岁，原指岁星。古人根据天象纪年，认为岁星每年行经一个星次，即所谓星岁纪年法。东汉以后使用了更为精确的干支纪年法。岁就从原来星的名称转化为时间概念——年。久而久之，农历除岁（十二月三十日）、元日（正月初一）就成为我国重要的节日。

由于古代生产条件低下，科学技术不发达，人们对于一些自然现象解释不清，更排除不了自然灾害对于正常生产、生活的干扰、破坏。因此常常举行一些仪式，以表示敬神和驱除不祥。还以“年”为例。

上古的原始公社时代，辛勤劳动了一年的人们，到了岁尾年初之际，用他们的农猎收获物祭祀众神，供奉祖先，感谢大自然的赐予以及祖先的荫庇。这一仪式叫“腊祭”。“腊祭”期间，人们不干活，聚饮联欢，歌舞戏耍。以后随着社会的发展，“腊祭”演变为过年，“腊祭”的各种形式也成了过年的各项内容。

我国汉族的主要节日有正月初一的元日；正月初七的人日；正月十五的上元（元宵）；春分、秋分时节的春、秋二社；清明前的寒食；五月初五的端午；七月初七的七夕；八月十五的中秋；九月初九的重阳；冬至；腊月初八的腊日；大年三十的除夕。这些个节日不是某一个时代的，而是从古至今延续下来的。所以纵观我国的节令，可以从侧面了解到我们中华民族的历史，增加我们对这个民族的认识。进一步说，节令的形成、发展与民族文化有着极密切的关系，是我们中华民族璀璨的文化宝库中的组成部分。这就涉及了节令诗。

诗歌和节日文化同是中华民族文化的重要组成部分。诗歌早在殷商时代就伴随着音乐舞蹈出现了，它的基础就是当时较为发达的社会生活。最早的歌舞是向神祈雨的仪式的一种内容。我们的祖先在很早的时候就有了节令，相应地也就产生了歌咏节日的诗篇。在我国第一部诗歌总集《诗经》中，就有一篇《郑风·溱洧》是吟咏“上巳”节日的。诗中描写了一群男女在三月的上巳日来到淙淙流淌的溱、洧水边，举行修禊仪式。修禊就是手拿泽兰招魂续魄，拂除不祥。诗歌生动、活泼，情趣盎然。汉代时，将“上巳”规定在三月三日，以后这一天就成为人们水边饮宴、郊外游春的好日子。

随着诗歌这一文学形式的不断发展，题材也更加广泛。但是吟咏岁时节序始终是诗人们喜爱的主题，而且愈来愈多，特别是在唐代以后。这期间的节令诗，已不是单纯地吟咏节令了，而是包蕴着诗人的种种情怀。

古时候，交通极不发达，人们要远行就得忍受怀亲、思乡的痛苦。尤其是在过节时，眼看人家团聚，共享天伦，自己却孑然一身，更觉凄凉。此时，那些文人墨客定会诗兴大发，诗句顺口而出。这类诗中最著名的莫过于王维的《九月九日忆山东兄弟》：“独在异乡为异客，每逢佳节倍思亲。遥知兄弟登高处，遍插茱萸少一人。”其中“每逢佳节倍思亲”成了千古绝唱。由北朝入隋的北方著名诗人薛道衡出使南陈，赶上人日，写了《人日思归》：“入春才七日，离家已二年。人归落雁后，思发在花前。”南朝诗人江总在长安做官，晚年时回归扬州。在途中逢重阳写下了“心逐南云逝，形随北雁来。故人篱下菊，今日几花开”的著名诗句。二诗有异曲同工之妙，同是受节日氛围之感发，睹物思归，抒发了自己不可抑止的思乡之情。

在封建社会的各个朝代中，不乏有远见、有骨气的正直之士。他们与统治者颇不合拍，对统治者的一些做法，对黑暗的社会现实有所不满，有时就用诗歌进行讽谏，温和一些的就借题发挥，作诗加以讽喻。唐代韩翃的《寒食》就是一首著名的讽喻诗：“春城无处不飞花，寒食东风御柳斜。日暮汉宫传蜡烛，轻烟散入五侯家。”寒食节是由战国时晋传下来的。介之推功高而不受禄，隐居在绵山。晋文公派人找寻他，为了逼迫他出来，就放火烧山。介之推最终烧死在绵山中。为了纪念他，晋文公下令每逢此日，全国不举火，吃寒食。唐代，寒食禁火甚严，这一天官府常到民家把鸡毛插入灰中查验，如鸡毛焦煳就要治罪。但是皇帝的近臣却可在皇帝的特许下提前举火。诗人韩翃生活的时代，宦官当政，他们甚至可以废立皇帝，招致了朝野的不满，诗人就写了这首借汉喻唐的讽喻诗，言简意深，不露痕迹。

当然，节令诗中的主流还是那些直接叙写岁时习俗的诗篇。这些诗为我们涂抹了一幅色彩纷呈的节日画卷。这里有饶有趣味的风土人情，有丰富多彩的文体活动，有独特鲜明的节日服装，还有颇具讲究的节令饮食…… “爆竹声中一岁除，春风送暖入屠苏。千门万户曈曈日，总把新桃换旧符”（宋代王安石《元日》）。诗人把过年的习俗都融汇在诗里，饮屠苏酒、贴春联、放爆竹，更重要的是诗人在除旧布新的换岁之际，提示给人们的那种蓬勃向上的朝气。“鹅湖山下稻粱肥，豚栅鸡埘半掩扉。桑柘影斜春社散，家家扶得醉人归。”（唐王驾《社日》）这是既静且喧、令人回味的乡村春社图。虽然看到的是“家家扶得醉人归”的画面，但让人徘徊脑际的却是热闹非凡的春社场面。“微雨众卉新，一雷惊蛰始。田家几日闲，耕种从此起。”（唐韦应物《观田家》）一声春雷，惊醒了尚在冬眠的万物，大地复苏，人们又开始了一年的劳作。“清明时节雨纷纷，路上行人欲断魂。借问酒家何处有？牧童遥指杏花村。”（唐杜牧《清明》）稍加品味，你不觉得你和诗人同样置身于那强烈的清明的节日氛围中了吗？

总之，节令诗的内容是丰富多彩的，绝非一个短短的序言所能概括清楚的。我们谨把这本小书奉献给您，请您去探讨中华民族艺术宝藏中的这两种姊妹文化——节日与节令诗。

张　敏

目录

蚯蚓布陣雨將作

蛺蝶成團春已濃

子貞何紹基

清　何绍基　行书七言联

元会[1]

［魏］

曹植

初岁元祚，吉日维良[2]。

乃为嘉会，宴此高堂[3]。

衣裳鲜洁，黼黻元黄[4]。

珍膳杂遝，充溢圆方[5]。

俯视文轩，仰瞻华梁[6]。

愿保兹善，千载为常[7]。

欢笑尽娱，乐哉未央[8]。

皇室荣贵，寿考无疆[9]。

注释

1 元会：皇帝元旦朝见群臣叫元会，也叫正会。此礼仪从汉代开始，直至清代。元日这天，百官都要上朝贺年。曹植的这首四言诗，写的就是“元会”这一仪典。

2 祚（zuò）：年岁。维：这里作语气词。这句说，元日这天，是个好日子。

3 乃：副词，才的意思。嘉会：指元会。宴：摆宴。高堂：指宫殿。这句说，在此佳节，皇帝在宫里大宴百官。

4 黼黻（fǔ fú）：古代礼服上的花纹。元黄：玄黄。这里指衣服的色彩。这两句说参加元会的大臣们穿着华丽的官礼服。

5 杂遝（tà）：种类多，数量大。圆方：古代一种盛食品的器具。这里说宴会上珍肴佳膳的丰富。

6 文轩：用彩画雕饰栏杆门窗的走廊，即画廊。华梁：色彩华丽的雕梁。这里指轩昂华丽的宫殿。

7 兹：这里作年讲。这句是诗人祝愿年年有这样的好年景。

8 未央：未尽。这句说，在这喜庆的日子里，君臣同乐，应该是尽欢而散。

9 皇室：这里指帝王。荣贵：尊荣显贵。寿考无疆：即万寿无疆，祝颂之词。末句是诗人置身于元会之中，感受到的是帝王的尊荣、威严及臣子们对帝王的虔诚的朝拜。

元正诗[1]

[晋]

辛 萧

元正启令节，嘉庆肇自兹[2]。

咸奏万年觞[3]，小大同悦熙[4]。

注释

1 元正：即农历正月初一，也叫春节。这是一首写年节的诗。新年伊始，充满了希望。彼此举杯，共祝吉祥安康，男女老少喜气洋洋。全诗气氛热烈、喜庆，气象庄重、宏大。

2 嘉庆：喜庆吉祥的事。肇（zhào）自兹：从此开始。

3 咸：都。奏：献上。觞：酒杯。

4 悦熙：和悦。

正旦蒙赵王赉酒[1]

［北朝·北周］

庾 信

正旦辟恶酒，新年长命杯[2]。

柏叶随铭至，椒花逐颂来[3]。

流星向椀落，浮蚁对春开[4]。

成都已救火，蜀使何时回[5]。

—

注释

—

1 正旦：春节。赵王：南北朝时北周文帝宇文泰的第七子宇文招，封赵王。赉：赐。诗人庾信是南北朝著名的诗人。他的诗流丽、清新，有“清新庾开府”之誉，成就大大地超越了同时代的作家。赵王宇文招好属文，专学庾信。二人有诗文往来。此诗就是庾信正旦日得赵王赐酒后所写。

2 辟恶：避邪。这一联说正旦饮酒，一是去其恶秽之气，二是以求长命百岁。

3 铭：一种刻字的金属制容器。这里指酒杯。这一联说，饮的酒是柏叶酒，祝词是“椒花颂”。柏叶酒，古人因柏叶耐寒而后凋，用它来浸泡酒，正旦时饮用，以祝长寿，和饮屠苏酒是一个意思。椒花颂，是节日饮酒前的祝词。晋代刘臻的妻子陈氏曾在农历正月初一时献“椒花颂”，后来就成为新年的祝词。

4 流星：酒名。浮蚁：原指浮在酒表面上的泡沫，后成为酒的代称。这一联写酒。

5 这一联诗人引用《神仙传》中栾巴的故事。汉时，栾巴有神术。长安正旦大会，栾巴饮酒不咽而喷向西南。主人嫌他不恭，他说：“我看见成都有火，漱而救之，并不是不敬。”主人不信，发驿书问成都。果然有蜀使来报，说是成都元日大火，后下了三阵大雨，火灭。雨水中有酒气。

| 延伸阅读 |

玉楼春

［宋］杜安世

玉烛光明正旦好。斗柄东回春太早。

岭寒犹锁去年梅，江暖新催今岁草。

蜀国熙熙冬令杪。更喜寿阳新梦觉。

玉杯齐举乐音谐，遥想金阶天仗晓。

元日述怀[1]

［唐］

卢照邻

筮仕无中秩，归耕有外臣[2]。
人歌小岁酒，花舞大唐春[3]。
草色迷三径，风光动四邻[4]。
愿得长如此，年年物候新[5]。

注释

1　诗人卢照邻为“初唐四杰”之一。他早年出仕，后因病退归乡里，住太白山中。此诗即是归耕后所作，从诗中可以看出诗人恬淡的心境和对大自然的热爱。此诗似为诗人退隐初期的作品。后来诗人因服丹中毒，手足残废，自号“幽忧子”，终于不堪病痛折磨，投水而死。

2　筮仕：古人将要出仕时，先占吉凶，称筮仕。中秩：指中等官位。外臣：方外之臣，指隐居不仕的人。这两句说自己命中做不了大官，如今归耕乡里，隐居过活。

3　小岁：指腊日。这两句说乡里人饮小岁酒，庆贺新春佳节。

4　三径：西汉末年，王莽专权，兖州刺史蒋诩告病辞官，隐居乡里。他在院中开辟三条小路，意思是只与好友求仲、羊仲二人来往。后来就用“三径”指家园。这两句的意思是，元日草色迷人，风光美好，惊动了乡邻。

5　物候：庶物应节候而至。比如鸿雁来、玄鸟归之类。后泛指时令。这两句说，祝愿年年如此，年年有新的气象。

｜延伸阅读｜

元　日

［唐］成彦雄

戴星先捧祝尧觞，镜里堪惊两鬓霜。

好是灯前偷失笑，屠苏应不得先尝。

田家元日[1]

［唐］

孟浩然

昨夜斗迴北，今朝岁起东[2]。
我年已强壮，无禄尚忧农[3]。
桑野就耕父，荷锄随牧童[4]。
田家占气候，共说此年丰[5]。

注释

1　孟浩然被称为“田园山水”诗的代表诗人之一。他的一生徘徊于求官与归隐的矛盾之中，在长安求官碰壁后，还归故园，一直到去世。孟浩然的诗多抒写个人怀抱，突破了初唐诗坛的那种应制、咏物的狭窄境界。所以无论在生前还是死后，他的诗都得到了很多人的推崇、倾慕，包括王维、李白这样的大诗人。这首《田家元日》就是诗人将自己的那种恬淡、惬意的情趣溶于节日气氛中，显得和谐、自然。

2　斗迴北：古人根据北斗星的运转来判定季节。斗柄指北，天下皆冬；斗柄指东，天下皆春。诗人这两句的意思是，昨天晚上，斗柄由北而转向东方，春天开始了，亦即从元日始。

3　无禄：无官。这两句说，我如今已到强壮之年，虽不当官，但对农事还是很关心的。

4　桑野：原指植桑的田野，这里指农田。这两句说的是诗人所喜欢的躬耕隐居生活。田地里和老农一块耕种，傍晚伴牧童而归来，好一幅“田园牧歌图”。

5　占：占卜。当这元日之际，田家们纷纷预言，今年定是个丰收的好年景。

|延伸阅读|

元日（其一）

［宋］文天祥

金虬衔日出，铁骑勒春回。

天上青门隔，人间白发催。

霜寒欺旧草，山晚放新梅。

环堵甘牢落，东风枉却来。

元日示宗武[1]

[唐]

杜甫

汝啼吾手战，吾笑汝身长[2]。
处处逢正月，迢迢滞远方[3]。
飘零还柏酒，衰病只藜床[4]。
训谕青衿子，名惭白首郎[5]。
赋诗犹落笔，献寿更称觞[6]。
不见江东弟，高歌泪数行[7]。

注释

1 宗武：杜甫的次子，诗人作此诗时，为大历三年（768），宗武十五岁。

2 这一联是对儿子说，曾几何时你啼哭时，我的手抖战，如今你长大了，我很高兴。诗人此时已五十七岁，身患多种疾病。手战，亦有此意。这两句含有很深的父子感情。

3 这两句说，如今又是一年了，咱们仍然在这远离家园的地方。诗人在此之前的将近十年里，因避战乱（安史之乱），亦因生活所迫，流落他乡，几经辗转。此时正滞留在长江边上的夔州（今重庆市奉节县）。

4　藜床：藜制之榻。这两句说，虽然飘零无依，终日病在床上，逢年也还来点柏叶酒。

5　青衿子：青衿，原是青领衫，学生所穿，后来成为士子的称呼，有时也借指少年。这里说的是宗武。惭：惭愧。白首郎：诗人自指。这两句是诗人面对渐渐长大而需要训谕的儿子，更加感觉到自己的衰病无力。

6　犹：刚刚。这两句说，录写诗句的笔刚一放下，儿子给父亲祝寿的酒就献上来了。

7　江东：长江下游南岸的地方，称江东。唐开元时始设江东道。杜甫的五弟此时流落在江东一带，久无消息，所以在过节的时候，诗人想到了久无消息的兄弟，不觉泪流满面。

元　日[1]

［宋］

王安石

爆竹声中一岁除，春风送暖入屠苏[2]。

千门万户曈曈日，总把新桃换旧符[3]。

注释

1　元日：春节。这是一首著名的咏春节的绝句。立意清新，情景交融，洋溢着一派弃旧迎新、欢欣鼓舞的节日景象。

2　爆竹：古时以火燃竹，毕剥有声，称为“爆竹”，用以驱鬼。传说在西方山中有一个叫“山臊”的恶鬼，长一尺多，有一只脚。人碰上它，就要发寒热。此物不怕人，却惧怕用火烧竹子发出的声音。所以人们就燃竹以驱鬼。唐朝人称作“爆竿”。宋朝时开始用多层厚纸裹上火药，点燃发声，也称“爆竹”。据《荆楚岁时记》记载，农历正月初一这一天，人们听见鸡鸣而起，在院中爆竹，驱除山臊恶鬼。除：消失，逝去。屠苏：酒名。古代习俗，农历正月初一这一天，全家人先幼后长，饮屠苏酒。诗人用这一风俗来比喻新年，所以说“入屠苏”。这一联是说，喧嚣的爆竹声中旧的一年结束了，和煦的春风中迎来了新的一年。

3　曈曈：太阳初升的光芒。桃符：古代习俗，用桃木板写上神荼、郁垒二神名，悬挂大门两旁，以驱鬼压邪。后来人也把春联称作桃符。新桃换旧符，这里是互文用法，意思是“新桃符换下旧桃符”。唐诗名句“秦时明月汉时关”，也是这种句式。这一联是说，太阳升起时，千门万户都换上了新的桃符。

| 延伸阅读 |

元　日

［宋］张　弋

历以寅为正，风从艮位来。
桃符当壁写，竹户趁钟开。
宿雨滋初苗，长年老不材。
满庭青柏叶，惆怅独持杯。

元夕四首（选一首）[1]

［宋］

范成大

药炉汤鼎煮孤灯，禅版蒲团老病僧[2]。

儿女强修元夕供，玉娥先避雪鬅鬙[3]。

注释

1　这是南宋著名诗人范成大晚年写的一首关于过新年的诗。原诗四首，这是第三首。其时，诗人老病衰残，心境凄苦，与喜庆的新年气氛很不协调。

2　煮孤灯：意思是说在孤灯下煎汤熬药。孤灯是和即将到来的元宵节（灯节）的灯火繁华相比较而言。禅版、蒲团：佛教徒参禅打坐的物件。禅版即禅床，硬木板坐具；蒲团是用蒲草编织而成的圆垫，较为柔软。这里是作者以病僧自喻。

3　供：指上供的物品。玉娥：白色闹娥儿，南宋元夕的风俗，亦叫夜娥。将纸剪成蝉蝶形，用细钢丝缠成软弓子，插在鬓上，行动则颤动，不分贫富及男女老幼，都戴过元宵节。鬅鬙（péng sēng）：头发散乱的样子。这两句是说，儿女们强给老人贺节，极力撺掇没兴致的老人。而老人呢？却认为自己已经老了，连玉娥都嫌弃这雪白的乱发，不愿上鬓。末句虽为戏言，实是感叹。

| 延伸阅读 |

元夕四首

［宋］范成大

其一

粉痕红点万花攒，玉气珠光宝月团。
帘箔通明香似雾，东君无处著春寒。

其二

不夜城中陆地莲，小梅初破月初圆。
新年第一佳时节，谁肯如翁闭户眠。

其四

落梅秾李趁时新，枯木岩边一任春。
尚爱乡音醒病耳，隔墙时有卖饧人。

人日思归[1]

［隋］

薛道衡

入春才七日，离家已二年[2]。

人归落雁后，思发在花前[3]。

注释

1 人日：即农历正月初七。古代习俗，从农历正月初一至初八，各占一物：一日鸡，二日犬，三日豕（猪），四日羊，五日牛，六日马，七日人，八日谷。有“新年伊始，祝愿人畜兴旺，五谷丰登”之意。人日这一天，人们用彩绸或金箔剪成人形，贴在屏风上面；用黄金、白玉制成人形发饰，互相赠送作为节日礼物，这种发饰叫作“人胜”；举行登高、狩猎等各种活动。在南方，这一天，还要用七种菜蔬做成羹汤，作为食品。这是一首写乡情的诗。全诗五言四句，明白如话。作者利用时间的反差，强烈地抒发了自己的思乡之情，意味无穷。

2 “入春”句：古代人认为从春节——农历正月初一起就进入春天了，而“人日”是正月初七，所以说“入春才七日”。

离家已二年：诗人自言在羁旅中辞旧迎新，故说“二年”，其实并非二年。

3　“人归”句：大雁在正月里，就要从南方飞归北方。这两句是说，游人的归来要落在大雁的后头了，而归乡的念头早在花开之前就萌发了。

| 延伸阅读 |

人　日

［宋］高　氏

雁已有归心，雪深春未深。

花风才一信，人日故多阴。

诗作平生梦，香添昨夜衾。

不干书册事，自怕薄愁侵。

人日寄杜二拾遗[1]

[唐]

高适

人日题诗寄草堂，遥怜故人思故乡[2]。
柳条弄色不忍见，梅花满枝空断肠[3]。
身在南蕃无所预，心怀百忧复千虑[4]。
今年人日空相忆，明年人日知何处[5]。
一卧东山三十春，岂知书剑老风尘[6]。
龙钟还忝二千石，愧尔东西南北人[7]。

注释

1　杜二：指杜甫。拾遗：谏官名。杜甫曾在乾元元年（758）任左拾遗。这首诗作于上元二年（761），当时高适任蜀州（故治在今四川省崇州市）刺史。这首赠诗表现了作者对杜甫的深厚友情。十年后的大历五年（771），杜甫在长沙舟中翻出了高适这首赠诗，因当时高适已去世六年，故作《追酬故高蜀州人日见寄》，以怀念这位昔日老友。

2　草堂：杜甫在成都浣花溪畔的住所。故人：指杜甫。这两句诗人说，人日这天给老友寄赠诗篇，对诗人的离乡寄居表示同情。

3　这两句是诗人推想杜甫一定会因春日的到来而惹起乡思。

4　南蕃：南方边远地区。作者指自己的任所蜀州。这两句说，自己（高适自指）任职边远，无所作为，因此忧虑重重。

5　这两句是诗人因自己的前途未卜，有所感叹。

6　东山：在今浙江省绍兴市上虞区西南。东晋谢安，少负盛名，授官不就，隐居在会稽东山。后来泛指隐居之地为东山。书剑：古时文人随身所带之物，书表示文才，剑表示武艺。这两句是高适回忆自己出仕前长期客居梁宋的那段生活及回顾书剑学成后长期风尘奔波，一事无成的仕宦路程。

7　龙钟：老态龙钟，身体衰老，行动不灵便的样子。忝：多用为谦辞，犹如愧对、有愧等。二千石：汉代郡太守的俸禄，唐时州刺史的职位与汉郡太守相当。此处是作者的自谦。东西南北人：孔子曾自称“东西南北人”，指漂泊不定、旅居四方的人。这里指杜甫。末两句诗人说，自己年老无用，尚居官任，而杜甫怀才而沦落，故觉有愧。

京中正月七日立春[1]

［唐］

罗隐

一二三四五六七，万木生芽是今日[2]。
远天归雁拂云飞，近水游鱼迸冰出[3]。

注释

1　这是诗人在京中恰逢立春有感而作的一首诗。立春：二十四节气之一。根据昼夜的长短、午时日影的高低和气候的变化，在一年中定出的二十四节气是我国夏历（农历）的一大特点。同时节气还表明此时地球在轨道上的位置，也就是太阳在黄道（从地球上看，太阳移动的位置）上的位置。立春是一年二十四节气中的第一个节气。此时太阳到达黄经三百一十五度的地方。阳历在二月四日前后，阴历多在正月。从这一天起，春天就开始了。古代习俗，这一天民间要举行各种各样的活动。如：装春盘。立春这一天将生菜、春饼等装在盘内，取迎新意，还要互相馈赠。妇女在这一天，剪彩为燕，戴在头上，还贴"宜春"字样，等等。

2　首句构思巧妙。一二三四五六七，一方面告诉读者，这一年立春在正月初七；另外，则有一种蛰居了一个漫长的冬季后，好容易盼来了春天的欣慰感。下句意思是，从这一天起，草木复苏，春天到了。

3　这一联对仗整齐，语意自然，一派春意。远远的天边上，归来的大雁贴着云彩飞着；眼前，鱼儿不时跃出还飘着浮冰的水面。

| 延伸阅读 |

立　春

[唐]韦　庄

青帝东来日驭迟，暖烟轻逐晓风吹。

罽袍公子樽前觉，锦帐佳人梦里知。

雪圃乍开红菜甲，彩幡新翦绿杨丝。

殷勤为作宜春曲，题向花笺帖绣楣。

立春偶成[1]

［宋］

张 栻

律回岁晚冰霜少，春到人间草木知[2]。
便觉眼前生意满，东风吹水绿参差[3]。

注释

1 时值立春，顿觉眼前一片春意：冰雪消融，草木着装，春风徐徐，生机勃勃。诗人诗兴大发，偶成一绝。

2 律：我国古代审定乐音高低的标准，把乐音分为六律和六吕，合称十二律。律属阳气，吕属阴气。后又与历法附会，一律属一月。奇数月份属律，偶数月份属吕。律回，正月即一月，属律。立春往往在正月、腊月相交时，故说“律回”。岁晚：年末，指腊月底。

3 生意：生机。参差：高低不平状。这句是说春风吹动绿水，荡起层层涟漪。

立春日郊行[1]

[宋]

范成大

竹拥溪桥麦盖坡，土牛行处亦笙歌[2]。

曲尘欲暗垂垂柳，醅面初明浅浅波[3]。

日满县前春市合，潮平浦口暮帆多[4]。

春来不饮兼无句，奈此金幡彩胜何[5]！

注释

1　这是一首七言律诗。立春日，诗人漫步郊外。眼前一派春天景象，耳边一片打春笙歌。如不饮酒吟诗，这春日盛景如何对付得过去呢？

2　拥：围聚貌。这里指溪流两边长满了翠绿、茂密的竹林。盖：覆盖。句中一“拥”一“盖”，春意尽在其中。土牛：即春牛。古代用泥土制成的土牛，后改用苇或纸扎成。古时习俗：立春前一日，鼓乐迎春牛到府县前。立春那日，挂上绸彩雪柳，行彩杖鞭牛的仪式，表示催耕迎春。现在俗语中，还有“打春”这个词。

3　曲尘：细色，浅黄微带绿的颜色。这里是形容柳芽的浅绿颜色。醅（pēi）面：指“浮醅”。古人酿酒时，酒面漂浮着浅碧色的浓汁浮沫，乃酒的精醇所在，叫“浮醅”。这里用来形容绿色的春水。浅浅波：浅浅的波纹。

4　日满：从句意上看，是说太阳升起时，指早晨。市合：市集开市为市合。浦口：指水的出入口。这一联是说，清晨，县府前的集市开始了；傍晚时，平静的水面上尽是归来的船帆。

5　金幡彩胜：幡胜。幡，同“旛”，长幅下垂的旗。胜，指妇女戴的头饰。唐宋时，每逢立春日，用纸、绢等剪成饰物或小旛，戴在头上或系在花下，用以欢庆春日来临，并互相馈赠。

立春前一日喜雪[1]

［清］

蒋士铨

滕六真惭气力偏，漫夸祥瑞酒尊前[2]。

关心万姓无衣者，安得求他化作棉[3]？

注释

1　立春逢雪，本是好事，但诗人想到的是那些缺吃少穿的穷苦百姓，若是瑞雪化作棉花，那该多好呀！这首诗表现了诗人对穷人的同情。

2　滕六：神话传说中雪神的名字。祥瑞：民间素有“瑞雪兆丰年”的说法。这一联是说，雪神都应该为它的偏颇感到羞惭，丰衣足食的人才会为它的降临而举杯庆贺。

3　安得：表示疑问，作“怎么能够”讲。

正月十五夜[1]

［唐］

苏味道

火树银花合，星桥铁锁开[2]。
暗尘随马去，明月逐人来[3]。
游伎皆秾李，行歌尽落梅[4]。
金吾不禁夜，玉漏莫相催[5]。

注释

1　正月十五：上元节。唐代农历正月十五为上元节，七月十五为中元节，十月十五为下元节。源于道教。三元，亦称三官，道教所奉的神：天官、地官、水官。传说天官赐福，地官赦罪，水官解厄。后又以三官配三元：上元天官正月十五日生，中元地官七月十五日生，下元水官十月十五日生。上元节的晚上称作元宵，故亦称元宵节。灯能指明破暗，佛家用以比喻佛法。汉代时佛教传入中国，为了提倡佛教，皇帝命令百姓正月十五放灯，以示对佛的尊敬。传至唐代，元宵节就成为民间传统节日了。观灯是元宵节的主要内容，所以还叫灯节。灯节一般延续几天。唐时十四至十六，共三夜；宋时延至十七、十八，为五夜；明时初八至十七，为十夜。这首诗写的就是唐代长安的灯节盛景。当时咏上元盛况的诗作甚多，此诗被推为绝唱。

2　火树银花：形容灯火的光明灿烂。合：指灯火连成一片。星桥：桥上灯火密如繁星。铁锁：宵禁时，大桥上的铁锁。

3　这两句是说，赏灯的游人如织，十五的明月也随着人流的涌来而高高升起了。

4　秾李：语出于《诗经·召南·何彼秾矣》："何彼秾矣，华如桃李。"形容艳丽的装束。落梅：指乐曲《梅花落》。这两句是说，游玩的歌伎们全都浓妆艳抹，唱着动听的《梅花落》。以上三联对仗齐整、自然，并不显雕琢痕迹。

5　金吾：仪仗棒。这里代指手执兵器的京城禁卫军。不禁夜：唐时，平日夜禁通行，上元节弛放松禁，特许通行。漏：古代计时的漏鼓。这两句是说，既然不禁夜，漏鼓就没有必要催人了。

正月十五夜闻京师有灯恨不得观[1]

［唐］

李商隐

月色灯光满帝都，香车宝辇隘通衢[2]。
身闲不睹中兴盛，羞逐乡人赛紫姑[3]。

注释

1　这是唐代诗人李商隐写的一首关于上元节的七律。时作者闲居家中，对于未能目睹长安的上元盛景而深感遗憾。

2　香车宝辇：装饰华丽的车子。隘：这里作动词用，意为阻塞。通衢：四通八达的道路。这两句虽极言长安上元的热烈景象，却是想象之笔。

3　身闲：诗人此时在家闲居。中兴盛：指唐武宗平定外患内乱后出现的中兴盛况。赛：赛会，乡俗。用仪仗、鼓乐等迎神出庙，周游街巷。紫姑：神名。据《荆楚岁时记》载：紫姑本为人妾，为大妇所妒，于正月十五日死去。上帝命为厕神。民间旧俗元夕于厕边、猪栏边迎之。赛紫姑，即迎紫姑的赛会。

诗人因家居看不到中兴景象，更羞于和乡人去参加迎紫姑的赛会。但更深的意思是为自己的“身闲”、不能报效国家而遗憾。

|延伸阅读|

青玉案·元夕

[宋]辛弃疾

东风夜放花千树。更吹落、星如雨。

宝马雕车香满路。

凤箫声动，玉壶光转，一夜鱼龙舞。

蛾儿雪柳黄金缕。笑语盈盈暗香去。

众里寻他千百度。

蓦然回首，那人却在，灯火阑珊处。

正月十六日夜至京师观灯[1]

[明]

高 启

天街争唱落梅歌，绛阙珠灯万树罗[2]。

莫笑游人来看晚，春风还似昨宵多[3]。

注释

1 明代，每逢元宵佳节，京城到处张灯结彩。元宵夜皇帝和文武百官在紫禁城的午门赏灯，皇宫内也挂满五光十色的灯，并且燃放灯火。高启的这首诗就是写北京元宵景况的。

2 天街：京城中的街道。这句源于唐苏味道的诗句“游伎皆秾李，行歌尽落梅”。绛阙：宫殿的门阙。这句形容灯多．到处都悬挂着灯。

3 这两句的意思是：不要笑话游人至晚还未散去，是因为今晚的春风比昨日还要和煦、温暖。因为诗人是十六日观灯，所以这样说。灯节虽过，盛况不减。

元夕诗[1]

［清］

施闰章

燕台夜永鼓逢逢，蜡炬金樽烂漫红[2]。
列第侯王灯市里，九衢士女月明中[3]。
玉箫唱遍江南曲，火树能焚塞北风[4]。
惟有清光无远近，它乡故国此宵同[5]。

注释

1　这是清代诗人写的一首元宵节的诗。明代，灯节极盛，延至清。为了招徕顾客，各店铺争相制作各种各样的灯，张挂于铺首。白日售货，晚间放灯。灯市设在东华门一带，就是今日的灯市口。后京城多处设置灯市。清末，国势衰颓，灯市也渐凋零。但前门一些大店铺每逢元宵，仍然悬挂绢灯数百盏，任人赏玩。灯市自初八始，十八日罢。一般十三上灯，十八落灯。

2　燕台：本指黄金台，地点说法不一，这里指北京城。夜永：夜长。鼓逢逢：更（jīng）鼓的响声。樽：酒杯。这两句说，元宵夜灯火辉煌，人们频频举杯，一派热闹景象。

3　列第：住宅的等级。这里指豪华的宅第。九衢：四通八达的道路。这里指京城人道。这两句说，元宵这天，王公贵族、夫人小姐也纷纷走出宅第，来到人声喧嚷、灯月交辉的市中。

4　这两句是写灯市的热烈气氛，歌声、曲声不绝于耳，辉煌的灯火好像挡住了塞北的寒风。

5　清光：指月光。这两句说，只有月光没有远近，故乡的元宵节也和京城一样吧。这一联和苏轼名句“但愿人长久，千里共婵娟”有异曲同工之妙。

| 延伸阅读 |

生查子 · 元夕

［宋］欧阳修

去年元夜时，花市灯如昼。

月上柳梢头，人约黄昏后。

今年元夜时，月与灯依旧。

不见去年人，泪湿春衫袖。

正月十九日漫述[1]

［明］

莫　止

节名燕九尚留灯，故事元从阙下增[2]。
时态尽随前夜月，余光犹照几家棚[3]。
腊醅熟久樽初剖，园韭香新馔可登[4]。
细雨落梅清咏彻，高情应念昔人曾[5]。

注释

1　这是一首写京城“燕九节”的诗。

2　燕九：京城旧俗。据史籍记载，农历正月十九日乃元代长春道人丘处机得道日。古人定这一日为“燕九节”。丘道人得道处在西便门外白云观（此庙现存）。相传十八日晚，神仙下凡，城中男女纷至沓来，焚香持斋，彻夜达旦，俗曰“会神仙”。仙人下降时，或扮成游人，或幻化乞丐，有缘幸会者，祛病延年。这一天，白云观热闹非凡。观侧设有马场，风华少年骑马射箭；观前有一石桥，桥下悬木钱，游人往钱孔中投掷硬币，占卜吉凶。也称“燕丘会”。“燕九”逛白云观，同元宵观灯一样，是京城一大盛举。还有一说，“燕九”为“淹九”，因十九灯火淹留而得名。十八日灯止，十九日灯火犹存，故说“淹九”。所以诗人说“节名燕九尚留灯”。故事：这里作“旧事”讲。指“燕九”这个风俗。阙下：指京城。这句是说，“燕九节”的这个风俗是由京城兴起来的。

3　这两句的意思是，元宵节的灯火尚存，虽仅隔一夜，今日又是一个新的节日了。

4　腊醅：腊酒。樽：盛酒的器具。登：进献。

5　落梅：指乐曲《梅花落》。清咏：清美的吟咏。高情：高亢、热烈的情绪。这两句的意思是，“燕九”这一天，人们品新醅，尝香韭，赏乐曲，咏诗句，高情胜似古人。

燕九游白云观[1]

[清]

王崇简

道院巍然历劫灰，群游杂沓拥难开[2]。
相传此日真人至，不见凌风驾鹤来[3]。
宝马驱驰犹紫陌，青山旋绕旧荒台[4]。
偕君且向樽前醉，莫笑黄粱梦未回[5]。

注释

1　这是清人写的一首关于“燕九节”的诗。白云观：北京历史上最著名的道观之一。观址在西便门外。白云观始建于唐开元二十七年（739），最初叫“天长观”。金代时更名“太极宫”。成吉思汗十九年（1224），丘处机住持该宫，又易名为“长春宫”。丘处机病逝后，再次改称“白云观”，现存的白云观是清光绪年间重建的。

2　历：经历。劫灰：佛教用语。按佛经说，经过一次大水、大火、大风，毁坏掉一切后，重新建立，叫作经历一劫。“劫灰”，即劫火的余灰。这里指白云观历史久远。拥难开：游人拥挤的样子。

3 “相传”两句：传说这一日仙人下凡，却总不见他乘风驾鹤而来。真人：指邱处机。

4 紫陌：京都郊野的道路。旧荒台：昔日荒凉的白云观，非节日时的白云观，因地处京郊，是很荒凉的。这两句的意思是，骑马奔驰在大道上时，就远远地看到了青山环绕的白云观。白云观位于西郊，游人看到的青山，显然是远景。

5 黄粱梦：唐代沈既济《枕中记》写了这样一个故事：少年卢生，家中贫穷，常思想着“建功树名，出将入相”。后来他在邯郸客店中遇见道士吕翁，吕翁给他一个青瓷枕。这时店主人正在蒸黄粱米饭，卢生倚枕入梦。他梦见自己娶望族崔氏女为妻，中了进士，封了高官。因大破戎虏，又做了宰相。为相十年，子孙满堂，活到八十岁寿终正寝。醒来，原是一梦，这时店主人的黄粱饭还没有蒸熟呢。后来就用“黄粱梦”比喻虚幻的好事和欲望的破灭。

二月二日[1]

[唐]

李商隐

二月二日江上行，东风日暖闻吹笙[2]。

花须柳眼各无赖，紫蝶黄蜂俱有情[3]。

万里忆归元亮井，三年从事亚夫营[4]。

新滩莫悟游人意，更作风檐夜雨声[5]。

注释

1 二月二日：中和节，是从唐代贞元年间开始的。农历二月时节，大地春回，万物复苏，人们纷纷出户郊游。所以唐宋时，这一日又有“踏青节”“挑菜节”之称。在北方，则称这一日为“龙抬头”。二月又在“惊蛰”前后，此时，蛰伏在泥土或洞穴中的蛇兽昆虫，将从冬眠中醒来，传说中的龙也从沉睡中醒来，故曰“龙抬头”。龙是神仙的象征，所以就借龙来驱逐害虫。明清时，这一天人们油煎元旦祭祀余下的饼来“薰虫儿”；乡下人用草木灰沿住宅蜿蜒旋绕一周，再进宅绕水缸一圈，称为“引龙迴”；这一日的饭食皆冠一“龙”

字。如饼为“龙鳞”、饺子为“龙耳”、面条为“龙须面”，小孩剃头为“剃龙头”；妇女这一日不动针线，怕伤“龙眼”；人们还要用蜡烛遍照壁间，有“二月二，照房梁，蝎子蜈蚣无处藏”的谚语。《二月二日》是一首关于“踏青节”的七律。这首诗，在李商隐诗集中很有特色，诗人一反深沉凝重笔调，通过描写美好的景色、欢快的节景、反衬出诗人此时此刻抑郁不舒的情怀，收到了相反相成的艺术效果。

2　这两句写农历二月二日，风和日丽，诗人游于江上，远远传来笙的吹奏声。

3　花须：花的雄蕊如须。柳眼：柳叶初生时，细长如眼。无赖：无意，无心。这两句写的是眼前美好的春景。

4　元亮井：元亮，东晋诗人陶潜（陶渊明）的字。他的《归园田居》中有“井灶有遗处，桑竹残朽株”的诗句。这里诗人寓指故里。从事：指幕僚。亚夫营：汉文帝时，大将周亚夫屯兵细柳（长安附近），后世称“柳营”。这里暗寓柳姓，此时，诗人在柳仲郢府中担任幕职。这两句各用一典，意思是说，自己在柳幕已羁留三年，不知何时才能回归乡里。

5　游人：作者自指。风檐夜雨声：夜里檐间的风雨之声。这两句说，江上的新滩不理解我这个游人此时的心境，又发出夜里檐间的那种令人心碎的风雨声。

春日杂书十首（选一首）[1]

［宋］

朱淑真

月筛窗幌好风生，病眼伤春泪欲倾[2]。

写字弹琴无意绪，踏青挑菜没心情[3]。

注释

1 本题共十首，选一首。这是宋代女诗人朱淑真的一首伤春诗。窗外，清风习习，月光如银，而女主人却抑郁不欢，含着伤心的泪水，百无聊赖。朱淑真是一位多才多艺的大家闺秀，文学成就仅次于李清照。她在爱情生活上很不幸，很年轻时便寡居在娘家。她虽有对美好生活的向往、追求，但是封建制度无情地制约着她，使她窒息、绝望。所以时人辑录她的作品成集，取名为《断肠集》。

2 窗幌：窗帘。病：忧虑、忧愁。这两句的意思是，溶溶月色中，徐徐的清风吹动了窗幔，诗人反自伤感，忍不住要流下伤心的泪水。这里“筛”字用得很新奇。

3 意绪：兴致，情绪。挑菜：唐代农历二月二日中和节这天，人们到曲江（唐京城长安东南的游览胜地）边上拾菜，谓之

“挑菜节”。这一风俗流传到宋代。这两句是说，由于伤春，写字、弹琴都没有情绪，更没有兴致出去踏青、挑菜了。

| 延伸阅读 |

春日杂书十首 · 其五

［宋］朱淑真

卷帘月挂一钩斜，愁到黄昏转更加。

独坐小窗无伴侣，凝情羞对海棠花。

二月二日挑菜节，大雨不能出[1]

［宋］

张文潜

久将菘芥芼南羹，佳节泥深人未行[2]。

想见故园蔬甲好，一畦春水辘轳声[3]。

注释

1　农历二月二日挑菜风俗，到宋代犹存。这是一首写挑菜节的诗。诗人早就想采摘各样菜蔬调羹了，无奈挑菜节这天下雨，未能成行。由此想到故乡园圃中的蔬菜，一定长势良好，又仿佛听见了水边的辘轳声。淡淡的思乡愁绪中透露出乡情野趣，浑然一体。

2　久：长久。将：欲将，想要。菘芥芼：都是蔬菜及可食的野菜。羹：古时将菜和肉调制成的带汁的食品。佳节：指挑菜节。

3　故园：故乡的菜园。蔬甲：菜蔬、豆角。辘轳：一种汲水的装置。

观田家[1]

［唐］

韦应物

微雨众卉新，一雷惊蛰始[2]。
田家几日闲，耕种从此起[3]。
丁壮俱在野，场圃亦就理。
归来景常晏，饮犊西涧水[4]。
饥劬不自苦，膏泽且为喜[5]。
仓廪无宿储，徭役犹未已[6]。
方惭不耕者，禄食出闾里[7]。

注释

1　这是唐代诗人韦应物任地方官（刺史）时写的一首诗。字里行间流露着对田家的同情，以及自身无劳而领俸禄的惭愧心情。

2　卉：草的总称。惊蛰：二十四节气之一，公历三月五日、六日交节。此时气温上升，土地解冻，春雷始鸣，蛰伏过冬的各种动物惊起活动，惊蛰的名字即由此而来。这两句是说，惊蛰时节，春雷阵阵，蒙蒙细雨中，草木有了生机。

3 “田家”两句是说，田家结束了短暂的农闲，开始耕作了。

4 丁壮：男劳力。场圃：收获庄稼的场院和菜地。景：日光。晏：晚。景常晏：天色很晚。犊：小牛。这两联说，能劳动的人都在野外的田地里劳作，很晚才归来。

5 饥劬（qú）：饥饿，劳累。膏泽：滋润农作物的及时雨。这两句的意思是，天公作美，下了及时雨。欣喜之余，饥饿、劳累都不觉得苦了。

6 仓廪：粮仓。无宿储：没有存粮。徭役：封建统治者强制人民承担的无偿劳动。犹未已：还不停。

7 禄食：官吏的薪俸。古代的俸禄多用米计。闾里：民间或乡里的通称。这两句是说，自己不下田劳动，却拿着农家供应的禄米，很觉惭愧。

春雷起蛰[1]

［金］

庞 铸

千梢万叶玉玲珑，枯槁丛边绿转浓[2]。
待得春雷惊蛰起，此中应有葛陂龙[3]。

注释

1 这是一首写惊蛰前后景色的诗。

2 玉玲珑：玲珑，本指空明的样子。这里指刚长出来的嫩叶，一片新绿，玲珑剔透，仿佛碧玉雕成。枯槁丛：这里指冬天枯萎了的灌木丛。这两句写惊蛰前后草木发芽，渐浓的绿色透露着勃勃生机。

3 葛陂龙：这是一个典故。传说东汉汝南人费长房看见一卖药老翁，卖完药就跳入药葫芦中，知道是遇见了仙人。于是随老翁入山学道。后辞归，老翁送他一根竹杖作坐骑，费长房眨眼间到了家，把竹杖丢弃在葛陂（地名，在今河南省新蔡县北），待回头看时，竹杖已化为巨龙。后两句以巨龙作结，点明题意。

春日田家[1]

［清］

宋 琬

野田黄雀自为群，山叟相过话旧闻[2]。

夜半饭牛呼妇起，明朝种树是春分[3]。

注释

1 这是一首写春分前后农家生活的诗。诗人通过耳闻目见，勾勒出一幅清新、素淡的春日田家图。朴直的语气中流露出对田园生活的欣羡之情。

2 野田黄雀：曹植有题为《野田黄雀行》的乐府诗，这里用其字面意。相过：相遇。话：这里作动词用，意为讲、说。孟浩然《过故人庄》有“开轩面场圃，把酒话桑麻”的诗句。

3 饭牛：喂牛。春分：二十四节气之一，在公历三月二十日或二十一日。这一日昼夜长短平均，正值春季九十天之半。春分便由此得名。春分前后，是种树的好时节。

春　日[1]

［宋］

秦　观

一夕轻雷落万丝，霁光浮瓦碧参差[2]。

有情芍药含春泪，无力蔷薇卧晓枝[3]。

注释

1　题为“春日”，实是写春雨与雨后的景物。

2　霁(jì)光：雨雪停止，天放晴叫霁，雨后的阳光，称为霁光。浮：反光。这两句说，夜里，春雷响过，下起了丝丝细雨。早上天已放晴，还有雨迹的琉璃屋檐上，反射着阳光。

3　春泪：落在花瓣上的雨珠。无力：留有水珠的蔷薇花丝丝下垂，故说是无力。这两句写一夜春雨之后花草的姿态。秦观的诗句素以修辞精致著称，从这一联中可窥一斑。

社　日[1]

［唐］

王　驾

鹅湖山下稻粱肥，豚栅鸡埘半掩扉[2]。

桑柘影斜春社散，家家扶得醉人归[3]。

注释

1　社日：本诗写的是春社。春社，祭名。祭祀社稷神，祈祷丰收。周代时在甲日举行。后在立春后第五个戊日举行。据《荆楚岁时记》载，那一天，四邻结宗会社，宰杀牲畜，在屋前树下先祭神，然后分享祭肉。诗人虽只用了“半掩扉”“醉人归”等侧笔，社日盛景已跃然纸上，令人有身临其境之感。

2　鹅湖山：在今江西省铅山县永平镇北。这两句是说，鹅湖山下庄稼茁壮，户户有猪圈，家家有鸡笼，人们都出去祭社日了，门虚掩着。

3　桑柘（zhè）：桑树、柘树。叶可饲蚕，农舍前后多栽种。影斜：表示时间。指正午过后。这两句意思是，傍晚前后祭祀结束了，亲友们搀扶着醉酒的人们，各自归家。

游山西村[1]

［宋］

陆 游

莫笑农家腊酒浑，丰年留客足鸡豚[2]。
山重水复疑无路，柳暗花明又一村[3]。
箫鼓追随春社近，衣冠简朴古风存[4]。
从今若许闲乘月，拄杖无时夜叩门[5]。

注释

1 陆游这首诗写游赏山村，见村民们迎接着春社的到来的情景。

2 首联写村民们殷勤好客，诗人受到了热情的款待。

3 这一联是传诵已久的名句。前代诗人中也有描写此意的诗句，如王维的“遥爱云木秀，初疑路不同”（《蓝田山石门精舍》）；卢纶的“暗入无路山，心知有花处”（《送吉中孚校书归楚州旧山》）；王安石的“青山缭绕疑无路，忽见千帆隐映来”（《江上》）；等等。直至陆游这一联才把此意写得委婉有致，似乎是说到头了。

4　这两句是诗人从乡民迎接社日的箫鼓声中，已感觉到了节日的气氛。又从中领略到山村中的那种古朴的民风。

5　乘月：乘着月光。无时：随时。

| 延伸阅读 |

春　社

［宋］陆　游

太平处处是优场，社日儿童喜欲狂。

且看参军唤苍鹘，京都新禁舞斋郎。

花生日诗，魏塘道中作[1]

[清]

舒 位

雨落风开事偶然，青春初度有情天[2]。

无因细算花年纪，今日分明又一年[3]。

注释

1 花生日：旧时以农历二月十五日为百花生日，又称花朝（zhāo）节、花朝。花朝节在唐时就有，因各地时令气候不同，日期、风俗也各有差异。比如唐时的洛阳城在农历二月二日，这天不仅赏花，还兼及挑菜；北宋开封则农历二月十二日花朝，为扑蝶会；南宋杭州风俗，以为农历二月十五春序正中，百花争望之时，最堪游赏；明清之际的北京，农历二月十五为花朝，此时小青缀树，花信始传，骚人韵士，唱和以诗。魏塘：在今浙江省嘉兴市东。这首诗是诗人在浙江境内逢花生日时写的。花开花落，本属偶然，但是多情的春风中，百花又度过了她的一个生日。全诗句句情真，字字意浓，也不免流露出对时光流逝的感慨。

2 雨落风开事：指花开花落这一现象。这里诗人以为，花开花落是因为风雨的缘故。春风吹来花开了，春雨下后花落了。青春：指春天，古人以为春天属青色，故名。初度：指生日。有情天：用李贺“天若有情天亦老”句意。这两句的意思是，花落花开是因风雨所至，纯属偶然，春季里百花盛开，却是有情天赐予的。

3　因：依凭。这两句是说，花的年龄，人们无法算计，但在花朝节这一天，百花又度过了她的生日。

｜延伸阅读｜

二月十五日

［宋］张　耒

春风扬尘春日白，衡门向城人寂寂。

淮阳三月桃李时，街头时有卖花儿。

老人卧稳起常晚，欲强出游心独懒。

一尊美酒酬芳菲，老大不及年少时。

溱洧[1]

［先秦］

《诗经·郑风》

溱与洧，方涣涣兮，士与女方秉蕑兮[2]。
女曰："观乎？"士曰："既且。"[3]
"且往观乎？""洧之外，洵訏且乐！"[4]
维士与女，伊其相谑，赠之以勺药[5]。
溱与洧，浏其清矣，士与女殷其盈矣。
女曰："观乎？"士曰："既且。"
"且往观乎？""洧之外，洵訏且乐！"
维士与女，伊其将谑，赠之以勺药[6]。

注释

1　《溱洧》选自《诗经·郑风》。郑，是春秋时的郑国，在今陕西华县境内。溱洧（zhēn wěi），指郑国境内的溱水与洧水。郑国的风俗，三月上旬的巳日，于溱洧两水之上招魂续魄，拂除不祥，即修禊仪式。这首诗就是作者以旁观者的身份描写青年男女在节日里欢聚的盛况。此诗虽选自最早的诗集，但描写生动活泼，情趣盎然。

2　涣涣：冰雪初融，水流充沛的样子。士与女：指到水边游春的男女们，这里是泛指。秉：拿着。蕑（jiān）：香草名，即生在水边的泽草。古人为了拂除不祥，上巳节时来到水边采摘泽兰。这一句说，溱洧水流淙淙，男女们纷纷来到水边，手中拿着刚刚采摘的泽兰。

3　女：游人中的一个女子。观：游赏。士：女子的情人。既且：已经去过了。且，同“徂”，往意。这两句说，一个女子约她的情人去看热闹。情人表示，已经去过了。

4　“且往”句：再去看看吧。洵：确是。讦（xū）：大，指地面宽阔。乐：好玩。女子又说：再去看看吧。情人回答：那边确实是宽阔又好玩。

5　这句中的“维”“伊”“其”，均为语助词，无义。勺药：芍药，三月开花。古代男女互送芍药，是表示厚结思情。这一句说，这对有情人啊，情思缱绻，彼此赠送了勺药。

6　浏：形容水清。殷：众多。盈：充满。将：相。这段的意思是，清澈的溱水洧水边上，到处是欢快的男女。一对对情人们尽情地玩耍，相互赠送着美丽的芍药。

丽人行[1]

［唐］

杜甫

三月三日天气新，长安水边多丽人[2]。
态浓意远淑且真，肌理细腻骨肉匀[3]。
绣罗衣裳照暮春，蹙金孔雀银麒麟[4]。
头上何所有？翠为㔩叶垂鬓唇[5]。
背后何所见？珠压腰衱稳称身[6]。
就中云幕椒房亲，赐名大国虢与秦[7]。
紫驼之峰出翠釜，水精之盘行素鳞[8]。
犀箸厌饫久未下，鸾刀缕切空纷纶[9]。
黄门飞鞚不动尘，御厨络绎送八珍[10]。
箫管哀吟感鬼神，宾从杂遝实要津[11]。
后来鞍马何逡巡，当轩下马入锦茵[12]。
杨花雪落覆白蘋，青鸟飞去衔红巾[13]。
炙手可热势绝伦，慎莫近前丞相嗔[14]。

注释

1　杜甫这首诗作于唐玄宗天宝十二年（735）春。“丽人行”是诗人自拟的乐府新题。诗人对杨氏兄妹生活的淫乱奢靡进行了辛辣的嘲讽，对炙手可热的皇亲国戚杨国忠之流给予无情的揭露。

2　三月三日：上巳节。长安水边：指曲江，在长安东南方向，为唐代有名的风景区。开元以后，长安仕女多在上巳佳节游赏曲江。丽人：泛指游春、赏玩的贵妇人。

3　态浓意远：神态凝重高雅。淑且真：娴静、端庄而不做作。肌理：皮肤。骨肉：这里指身材的高矮、肥瘦。匀：匀称。

4　绣罗：刺绣的丝绸衣服。照暮春：与晚春的风光辉映。蹙金：刺绣的一种。这里诗人说的是衣服上的图案。金、银线绣出的孔雀、麒麟形象。

5　翠：翡翠。鬓唇：鬓角。㔩（è）叶：妇女发髻上的装饰物。

6　珠：珍珠。腰衱（jié）：裙带。珠压腰衱，说裙带上镶缀着珍珠。稳称身：熨帖、合身。以上十句为此诗的第一节，泛写曲江游春的贵妇们雍容高雅的体态及华美、富丽的装饰。

7　就中：其中。云幕：层层叠叠的帐幕。椒房：本指汉代皇后的宫室，用椒末和泥涂壁，取其温暖而有香气，后来称后妃的宫室为椒房。椒房亲：指后妃的亲属。这里指贵妃的姊妹。赐名：指天宝七年（748），杨贵妃三姊“并封国夫人”。长曰大姨，封韩国夫人，三姨封虢国夫人，八姨封秦国夫人。

8　紫驼之峰：即驼峰。驼峰羹是当时贵族们用的一道名贵菜肴。翠釜：一种翠色的烹饪器（平底锅）。水精：水晶。素鳞：

白色的鱼。这两句说杨氏姊妹所食的珍肴美味。

9　犀箸：犀牛角制成的筷子。厌饫（yù）：没有食欲。鸾刀：系有鸾铃的刀。缕切：细细地切。空纷纶：白忙了一阵。这句说，如此精美的食品她们都吃腻了，不动筷子，厨师自然是白忙了一阵。

10　黄门：太监。鞚：马笼头。飞鞚：驾着快马。不动尘：形容马跑得很稳。御厨：皇帝的厨房。八珍：古代的八种珍异的名菜。这里泛指食物的精美、丰盛。这句说，皇帝又命太监送来许多珍贵食物。

11　宾从：随从的宾客。杂遝：众多。实要津：堵塞了交通要道。这两句说，杨氏姊妹游春有鼓乐相随，还有众多的宾客、随从。以上十句为全诗的第二节，极写杨氏姊妹的骄奢及皇帝的宠幸。

12　后来鞍马：指杨贵妃的哥哥杨国忠。在诗人写此诗的前一年，杨国忠登上了右丞相兼吏部尚书的高位，势倾天下。逡（qūn）巡：原意为瞬间、顷刻。这里指杨国忠纵马疾驰的样子。锦茵：地毯。这里指杨氏姊妹止息的地方。这两句诗人通过杨国忠的"逡巡""当轩下马"写出其不可一世的骄横神态。

13　白蘋：一种长在水中的浮草。红巾：树间飘挂的彩带。这两句说，杨国忠的车马来到，顿时人声鼎沸，闹得杨花纷落，覆盖了水上的白蘋，树上的鸟儿也被惊散了。

14　炙手可热：说势炎灼热难近。这里指杨国忠位高权重，气势逼人。绝伦：无人可以比拟。此节写杨国忠的骄横与不可一世的气焰。

三日寻李九庄[1]

[唐]

常建

雨歇杨林东渡头，永和三日荡轻舟[2]。

故人家在桃花岸，直到门前溪水流[3]。

注释

1 三日：夏历三月初三，古代为上巳节。原在三月上旬的巳日，魏晋以后定为三月初三日。这一天人们到水边洗濯，以消除不祥，清去宿垢。叫“修禊（xì）”，也叫“春禊”。李九：不详。从诗意上推测，可能是个隐者。这是唐代诗人常建的一首写上巳日寻找朋友的诗。语气上一气呵成，清淡质朴，很有田园意味。诗中虽连用两典，但自然贴切，不觉是典。

2 永和：东晋穆帝的年号。晋代王羲之的《兰亭序》记述了永和九年（353）上巳日，名士汇聚在会稽山阴兰亭修禊的事，后世传为佳话。这里诗人恰巧在三日这天去拜访朋友，所以借用这个典故。这两句是说，三月三日这天，诗人雨停之后于杨林东面的渡口，踏上了寻访朋友的小船。

3 故人：指李九。桃花岸：晋代诗人陶渊明《桃花源记》中说：“武陵人捕鱼为业，缘溪行，忘路之远近，忽逢桃花林，夹岸数百步，中无杂树，芳草鲜美，落英缤纷。”故人李九很可能是位隐居高士，所以诗人借喻李九的居处为桃花源。

| 延伸阅读 |

上巳日恩赐曲江宴会即事

［唐］白居易

赐欢仍许醉，此会兴如何。

翰苑主恩重，曲江春意多。

花低羞艳妓，莺散让清歌。

共道升平乐，元和胜永和。

三月三日雨中遣闷十绝句（选一首）[1]

［宋］

杨万里

村落寻花特地无，有花亦自只愁予[2]。
不如卧听春山雨，一阵繁声一阵疏[3]。

注释

1　本题共十首，选一首。三月三日：指宋乾道二年（1166）的上巳节。杨万里的诗以写自然风物取胜，这样的诗大多空灵清俊，饶有情趣。这首诗写诗人在上巳这一天去踏青，谁知花竟不存，于是诗人认为还不如坐在家中听春雨有味。杨万里号诚斋。从此诗中可略见“诚斋体”诗风之一斑。

2　特地无：特意地没有，是说花故意落完。自：语助词，无义。愁予：使我生愁。这两句说，到村中赏花，花却好像是故意地谢了，即使有花也不过是空惹我惆怅（惜春）。

3　这两句的意思是，不如坐在家里听窗外的雨声，疏密有致，饶有情趣。

上巳日，天畅晴甚，觉《兰亭》“天朗气清”句为右军入化之笔，昭明忽然出手，岂谓年年有印板上巳耶？诗以纪之[1]

［清］

金人瑞

一

三春却是暮秋天，逸少临文写现前[2]。
上巳若还如印板，至今何不永和年[3]？

二

逸少临文总是愁，暮春写得如清秋[4]。
少年太子无伤感，却把奇文一笔勾[5]。

注释

1 兰亭：指《兰亭序》。东晋穆帝永和九年（353）上巳日，王羲之与谢安等四十一人会集在山阴（今浙江绍兴）兰亭行修禊礼仪，会上各人作诗，并由王羲之作《兰亭序》。天朗气清：《兰亭序》中有“是日也，天朗气清，惠风和畅“的句子。右军：官职名。王羲之官至右军将军，后人称他王右军。昭明：昭明太子。南朝梁武帝（萧衍）之子，名统，字德施。立为太子，后死去。谥号昭明太子。萧统好文学，博览群书，曾召集文士多人编撰《文选》，辑录秦汉以来诗文，世称《昭明文选》。《昭明文选》未曾编选《兰亭序》，金人瑞对此不满，感慨而成此诗。

2 三春：春季三个月。古人称正月为孟春，二月为仲春，三月为季春，合称三春。有时也单指三月。此诗即指三月。逸少：王羲之字。现前：眼前的情景。这两句的意思是，王羲之作《兰亭序》，写的全是眼前的情景，所以春日修禊，写成了类似秋景的“天朗气清”。

3 印板：木板印刷的底板。这两句是说，倘若年年的三月三日都像印板一样一成不变，那么今天为何不是东晋的永和年呢？这里流露出诗人似水流年，抚今追昔的感慨。

4 这两句诗人还是从“天朗气清”着笔，写王羲之的《兰亭序》自从宋玉作《九辨》以“悲秋”为主题以来，后代的骚人墨客多在“悲秋”上做文章。所以诗人在这里也因王右军写了类似秋景的“天朗气清”，而说他“总是愁”。

5 少年太子：即昭明太子。奇文：指《兰亭序》。这两句是说，年轻位高的萧统太子，没有王右军的那种世道盛衰、生命无常的感慨，所以在他编的《文选》里不收录它。

| 延伸阅读 |

上巳洛中寄王九迥

［唐］孟浩然

卜洛成周地，浮杯上巳筵。

斗鸡寒食下，走马射堂前。

垂柳金堤合，平沙翠幕连。

不知王逸少，何处会群贤。

寒食还陆浑别业[1]

[唐]

宋之问

洛阳城里花如雪，陆浑山中今始发[2]。
旦别河桥杨柳风，夕卧伊川桃李月[3]。
伊川桃李正芳新，寒食山中酒复春[4]。
野老不知尧舜力，酣歌一曲太平人[5]。

注释

1 寒食：寒食节。古人定清明前一或二日为寒食节。陆浑：县名，在今河南省洛阳市嵩县东北，即古伊川地。其地有陆浑山、陆浑关。别业：别墅。清明前后，到处春光明媚，草木萌动。诗人在此诗中写的就是这种清明景象。

2 这两句点明诗人是从洛阳返回陆浑别业的。从眼前的不同景象可看出陆浑山中与洛阳城的季节差异。

3 旦：早上，清晨。河桥：在今河南省西南、孟津东北黄河上。这两句是说，清晨辞别了富平津在春风中摇曳的杨柳，月亮升起时就到了同样是桃李花开的伊川。此处言及一路上的所见春景。

4 “伊川”句：言伊川的桃李花开得正好，时逢寒食节的山中，人们正在饮酒，庆贺又一个春天的到来。春：古代酒名多带“春”字。这里语意双关，既指酒，又兼指春天。

5 “野老”两句用典，说的是帝尧之世，天下太平，百姓无事。有老人击壤而歌：“日出而作，日入而息，凿井而饮，耕田而食。帝力于我何有哉！”宋之问是生活在高宗、武则天朝的诗人，这一时期，唐社会较为安定，所以诗人借用这个典故。

| 延伸阅读 |

寒 食

［唐］李 馀

玉轮江上雨丝丝，公子游春醉不知。

翦渡归来风正急，水溅鞍帕嫩鹅儿。

小寒食舟中作[1]

[唐]

杜 甫

佳辰强饮食犹寒，隐几萧条戴鹖冠[2]。
春水船如天上坐，老年花似雾中看[3]。
娟娟戏蝶过闲幔，片片轻鸥下急湍[4]。
云白山青万馀里，愁看直北是长安[5]。

注释

1 小寒食：寒食节三日禁火。禁火的第二天为小寒食。此诗作于唐大历五年（770）。这时作者漂流潭州（今湖南省长沙市），在船上住。半年之后，诗人死于船上。

2 强饮：勉强饮酒。对诗人来说，身患重病，此酒是不当饮而饮。鹖（hé）冠：指用鹖的羽毛装饰的帽子。鹖是一种鸟。春秋时，有一个楚国人，隐居深山，以鹖羽为冠，并以“鹖冠子”为号。这里诗人对自己漂泊无依、生活无落的节日景况，充满了悲哀，并感叹自己落魄江湖，不为朝廷所用。

3 春水船如天上坐：沈佺期有“人疑天上坐，鱼似镜中悬”

（《钓竿篇》）句，形容水清澈空灵，诗人在这里化用其意，亦写春天水清。花：春花。后句诗人写自己老眼昏花，看春花如隔水雾。

4　娟娟：美好的样子。幔：船上的帐子。湍：急流的河水。这两句说蝶、鸥自由往来，春意盎然。诗人越写春光的美好，越能反衬出自己境遇的窘困。

5　直北：正北。这里是诗人眺望北方，透过青山白云，怀念着迢迢万里之外的京城长安。长安城也和诗人一样，在安史之乱中，饱经变故。

| 延伸阅读 |

寒食看花

［唐］张　籍

早入公门到夜归，不因寒食少闲时。

颠狂绕树猿离锁，踊跃缘冈马断羁。

酒污衣裳从客笑，醉饶言语觅花知。

老来自喜常无事，仰面西园得咏诗。

寒　食[1]

[唐]

孟云卿

二月江南花满枝，他乡寒食远堪悲[2]。

贫居往往无烟火，不独明朝为子推[3]。

注释

1　寒食：寒食节，过冬至一百零五日，在清明节前一或二日。这是诗人于寒食节前夕写就的一首感怀诗。此时诗人流落他乡，时常断炊，贫困中逢寒食节，更觉凄凉。

2　二月：指农历二月。诗人写的这个寒食节，赶在农历二月。远：甚，更。这两句是说，江南二月虽说是春暖花开，但客居在这里却哀愁满怀，偏偏又到了寒食节，就更让人悲伤了。

3　子推：介之推。春秋时人。曾经跟随晋公子重耳在外流亡，辗转列国十九年。后重耳归国做了君主，为晋文公，对随从他出亡的人大加封赏。介之推却远避名利，与母亲隐居在绵山（今山西省介休市内）。晋文公找不到他，就放火焚山，企图逼他出来，不想介之推母子双双烧死在山中。为追悼他，晋文公下令，这一天全国禁火，冷食一天。后来相沿成俗。

唐代更为严格，要禁火三日。这两句的意思是，贫居的日子常常断火断炊，不单单是明朝为了纪念介之推而禁火。

|延伸阅读|

寒　食

［唐］韦应物

晴明寒食好，春园百卉开。

彩绳拂花去，轻球度阁来。

长歌送落日，缓吹逐残杯。

非关无烛罢，良为羁思催。

阊门即事[1]

［唐］

张 继

耕夫召募逐楼船，春草青青万顷田[2]。

试上吴门窥郡郭，清明几处有新烟[3]！

注释

1 阊门：这里指苏州古城西门。即事：就眼前景物抒情。清明佳节，诗人登高远望，呈现在眼前的却是一片荒凉。因为这里刚刚经历过一场战乱的洗劫。上元元年（760），唐肃宗疑忌淮西节度副使李铣、刘展，先诛杀了李铣。刘展反叛起兵，连连攻陷江淮十余州，次年为肃宗平定。官兵趁机掳掠。据史籍记载，安史之乱，乱兵不曾祸及江南，这一次，江南百姓却饱受其战乱之苦。诗人所见，就是战乱后的荒凉景象，不禁感慨万千。

2 召募：征兵。逐楼船：古代战舰称为楼船，这里借指从军。这两句是说，农民都被征兵走了，万顷良田无人耕种，春耕的季节里，却长满了青草。

3 吴门：苏州在春秋时曾是吴国的都城。这里和题目中的“阊门”是一回事，实际上说的是城门楼。郡郭：城郊。清明：二十四节气之一，通常在农历三月，亦有“三月节”之称，公历在四月五日左右。新烟：唐代寒食节禁火三日，清明这天才可以生新火，所以说新烟。这两句的意思是，清明节这天，试着登上阊门俯瞰城郭，又能看见几处新烟呢？这里极写战乱后人烟寂落。诗人的所闻、所见、所想都在“清明几处有新烟”一句中。

| 延伸阅读 |

寒食

［宋］陆　游

峡云烘日欲成霞，瀼水成纹浅见沙。
又向蛮方作寒食，强持卮酒对梨花。
物如巢燕年年客，心羡游僧处处家。
赖有春风能领略，一生相伴遍天涯。

寒食[1]

［唐］

韩翃

春城无处不飞花，寒食东风御柳斜[2]。

日暮汉宫传蜡烛，轻烟散入五侯家[3]。

注释

1 这是一首讽喻诗。唐代寒食禁火甚严，三日禁火，清明晨才可举火。但经皇帝特许，寒食节晚即可燃火。诗人在这里借古喻今，对宦官专权的腐败现象进行了讽刺。

2 春城：这里指长安城。因寒食前后是暮春时节，所以称春城。御柳：宫苑中的柳树。封建社会中，凡是与皇帝有关的事物都要冠上一个“御”字。这两句的意思是，长安城内，春风之中，落花飞舞，杨柳摇曳。

3 汉宫：这里借指唐宫。轻烟：清明日皇帝取榆柳之火分赐近臣。五侯：汉桓帝曾封单超等五人为侯。诗人在这里指高官显赫之家。寒食节民间要严格禁火三日，官府用鸡毛插入民家灰中查验，若鸡毛焦则判定有罪。而在宫中，在高官宅邸寒食这天就燃火了。诗人在这里借汉喻唐，寓意一目了然。

寒食寄京师诸弟[1]

［唐］

韦应物

雨中禁火空斋冷，江上流莺独坐听[2]。
把酒看花想诸弟，杜陵寒食草青青[3]。

注释

1 京师：指长安。这是一首寒食节怀念亲人的抒情诗。寒食禁火，在一片冰冷的气氛中，诗人独坐空斋，不时从窗外传来鸟儿的啼声。这时诗人心中想到了远在京城的兄弟。

2 禁火：寒食节禁火。流莺：指啼声婉转清亮的黄莺。这两句语气清冷，显露出诗人的孤寂心情。且又在寒食禁火的气氛中，更觉凄清。

3 杜陵：西汉汉宣帝陵。在今陕西省西安市三兆村南。是当时长安士民郊游踏青的地方。据记载，唐代寒食节官府放假三至五天，人们都外出游赏踏青。这里诗人由思念而联想到京城中的兄弟此时此刻正在有名的风景胜地杜陵踏青、赏玩。这一联与王维的名句“遥知兄弟登高处，遍插茱萸少一人”有异曲同工之妙。

江上偶见[1]

［唐］

杜 牧

楚乡寒食橘花时，野渡临风驻彩旗[2]。

草色连云人去住，水纹如縠燕差池[3]。

注释

1 江：指长江。这是杜牧另一首写寒食节的诗，会昌二年（842）诗人任黄州（治所在今湖北省黄冈市黄州区）刺史时所作，和他“清明”诗相反，这首诗明快热烈，写当地寒食节时的景色和人们的节日活动。

2 楚乡：指黄州一带。这里曾是周代楚王的封地，故称。野渡：指江边的渡口。驻：插在固定的地方。这两句说，黄州的寒食节正是橘花开的时候。人们要踏青、访亲、扫墓，纷纷来到彩旗飘扬的渡口。

3 縠（hú）：绉纱。差池：语出《诗经·邶风·燕燕》：“燕燕于飞，差池其羽。”写燕子飞翔时，翅膀和尾翼参差不齐的样子。这两句是说，眼前一派春天风景，绿色的田野和天边的云彩连成一片，游人往来不住，微风吹动水面像起皱的薄纱，燕子在天空飞翔。

鄜州寒食城外醉吟[1]

[唐]

韦 庄

满阶杨柳绿丝烟，画出清明二月天[2]。

好是隔帘花树动，女郎撩乱送秋千[3]。

注释

1 鄜（fū 夫）州：地名，今陕西省延安市富县。这是晚唐诗人韦庄写的一首关于寒食节的诗。头两句写景，点出时令，时在农历二月，柳树抽芽，生机勃勃。后两句写人们的节日活动，欢天喜地荡秋千，活泼生动。

2 绿丝烟：写柳树抽芽、丝丝见绿的景致。烟在这里的用法同李白“故人西辞黄鹤楼，烟花三月下扬州”中的烟花用意近似，都是写春天的景色。

3 撩乱：纷乱，形容人多手杂送秋千的样子。秋千：一说春秋时代由少数民族传入。一说为汉武帝时祝寿之词，后颠倒字音为秋千。唐玄宗时，逢寒食节，便在宫中架起秋千，供宫人戏耍玩乐。后传入民间，成为寒食节的节日活动之一。这个风俗一直传至明代。这两句是说，最有趣的是帘外花树摇动（树上结绳），原来是女子们荡秋千的缘故。这里一个“动”字，一个“撩乱”烘托出浓烈的节日气氛。

| 延伸阅读 |

黄鹤楼送孟浩然之广陵

［唐］李　白

故人西辞黄鹤楼，烟花三月下扬州。

孤帆远影碧空尽，唯见长江天际流。

寒食雨二首

[宋]

苏 轼

一

自我来黄州，已过三寒食[2]。
年年欲惜春，春去不容惜[3]。
今年又苦雨，两月秋萧瑟[4]。
卧闻海棠花，泥污燕脂雪[5]。
暗中偷负去，夜半真有力[6]。
何殊病少年，病起头已白[7]。

二

春江欲入户，雨势来不已。
小屋如渔舟，濛濛水云里[8]。
空庖煮寒菜，破灶烧湿苇[9]。
那知是寒食？但见乌衔纸[10]。

君门深九重，坟墓在万里[11]。

也拟哭途穷，死灰吹不起[12]。

注释

1　这是宋代大文学家苏轼的一首逢寒食节遇雨抒情的诗。在有名的乌台诗案中，苏轼虽免遭极刑，却被贬黄州，任团练副使。这次事故，对苏轼打击很大，使他锐气大减，精神萎靡不振。这种情绪在这两首诗中有所体现。

2　元丰二年（1079）十二月，苏轼被贬黄州，次年二月到达黄州，距写此诗元丰五年（1082）时，正好三年。也就是在黄州，已过了三个寒食节了。

3　惜春：惋惜春光。这两句的意思是，春天倏忽而过，使人来不及去惋惜它。苏轼到黄州后，终日闭门谢客，以酒浇愁。虽清冷寂寞，醉酒中，时光却悄悄流逝了。他的《定惠院寓居，月夜偶出》诗中亦有类似的诗句："清诗独吟还自和，白酒已尽谁能借？不辞青春忽忽过，但恐欢意年年谢。"

4　"今年"两句说，春雨连绵，两月不止，气候反如萧瑟的秋天了。

5　燕脂：即胭脂。燕脂雪，指海棠花瓣。这一句从杜甫"林花着雨燕脂湿"句化出。这两句说，雨中闲卧在家，闻见海棠花香，但因连日阴雨，红白的花瓣已纷纷落在泥水里。

6　"暗中"二句：据《庄子·大宗师》载："藏舟于壑，藏山于泽，谓之固矣。然而夜半有力者负之而走，昧者不知也。”这里诗人是说，海棠花是被造物主暗中背去了，实指海棠花凋谢。

7 “何殊”二句：言经风雨摧残，海棠凋谢，这和那个病后变成白发老人的少年有什么区别呢?

8 “春江”四句：说的是春雨还没有停的意思。门前的江水都涨满了，似乎就要流到屋子里来了。栖身的小屋就像一叶渔舟，在蒙蒙烟雨中飘摇。

9 庖：厨房。寒菜：本指冬季的蔬菜，这里泛指为菜。这两句说，空空如也的厨房中正煮着青菜，破旧的灶膛里烧的是雨湿的苇草。

10 乌：乌鸦。纸：剪成钱形的纸片。清明扫墓，除给死人供上食品，还要烧纸钱，供死去的人在阴间使用。这种迷信活动，新中国成立后已不多见。这一联的意思是，哪里知道今日是寒食节呢？因为看到了窗外乌鸦衔的纸钱才知道。

11 君门：皇帝住的地方，这里指朝廷所在地，北宋的京城汴梁（今河南省开封市）。坟墓：指苏轼的祖坟，在今四川省眉山市。这两句诗人说自己被贬在黄州这个地方，京城去不得，家也回不得，更说不上去祭扫祖先的坟墓了。以上四句写出诗人当时的凄苦心情。

12 哭途穷：晋代阮籍驾车而行，不顺着道路走，终于走投无路，恸哭而归。死灰：汉代韩安国因事坐监，狱卒田甲侮辱他。韩安国说：“死灰难道不可以再燃吗？”后果然重被起用，田甲逃跑了。这里诗人自表心志，说自己准备学习阮籍途穷而哭，不作死灰复燃之望。可见乌台诗案对诗人的打击之大，同时也看出诗人那种但求平静，免遭迫害的心情。

四时田园杂兴六十首（选一首）[1]

［宋］

范成大

寒食花枝插满头，茜裙青袂几扁舟[2]。

一年一度游山寺，不到灵岩即虎丘[3]。

注释

1　《四时田园杂兴六十首》是宋代诗人范成大在淳熙十三年（1186）于乡间养病时，就农村见闻所写的组诗。这是其中一首写吴地一带寒食节的诗。

2　花枝插满头：指吴地的妇女们在寒食节这一天，头上簪花。茜裙青袂：说妇女们的服装颜色。茜（qiàn）：指绛红色。这两句说，寒食节这天，妇女们尽行打扮，乘小船出来游春。

3　游山寺：吴地的风俗，寒食节这天出城游山、踏青。灵岩：山名，在今浙江省温州市西，山上有灵岩寺。虎丘：山名。在苏州城西北，有云岩寺。这两座山是苏州的胜景，古迹很多。末联的意思是一年一度游山的日子又到了，不是到灵岩就是到虎丘，总要领略这名胜古地的风光。

苏堤清明即事[1]

［宋］

吴仲孚

梨花风起正清明，游子寻春半出城[2]。

日暮笙歌收拾去，万株杨柳属流莺[3]。

注释

1 苏堤：宋元祐年间，苏轼知杭州时所筑，横亘西湖。

2 梨花风：古人认为从梅花到楝花，有二十四次应花期而来的风，称二十四番花信风。梨花为第十七番风信。这两句说，梨花开的时候，正好赶上清明节，人们纷纷出城游春。

3 “日暮”二句：天将黑的时候，笙歌散了，人们返回城里。只留下一堤杨柳，万树流莺。

山中寒食[1]

[金]

元好问

小雨斑斑浥曙烟，平林簇簇点晴川[2]。

清明寒食连三月，颍水嵩山又一年[3]。

乐事渐随花共减，归心长与雁相先[4]。

平生最有登临兴，百感中来只慨然[5]。

注释

1　山：指今河南省登封市境内的嵩山。元好问为金朝的代表诗人，山西秀容（今山西省忻州市）人。青年时期，为避战乱，曾携家至登封内定居，前后有九年的时间。这首诗写于兴定三年（1219），诗人来登封的第二年。

2　斑斑：原指斑点众多的样子，这里是小雨绵绵的意思。浥：湿润。曙：天刚亮。平林簇簇：树林丛列貌。晴川：江水。

3　三月：阴历三月。颍水：在登封市境内。这两句说，三月里连着过了清明、寒食两个节，我在颍水嵩山这个地方又过了一年。

4 乐事：高兴的事。归心：诗人是山西人，来此避乱，所以这样说。长：经常。这一联说，高兴的事和落花一样，越来越少了，返回故乡的心思常常赶在大雁的前头。

5 平生：一生，此生。慨然，愤激。这两句的意思是，我生来最喜欢登高眺远，眼下，百感之中就只有愤慨了。公元1214年，蒙古军南侵，屠戮忻州城，死者十万余人。诗人的哥哥元好古也遇害。不久，元好问就携带母亲及部分藏书离开山西到河南，开始了不安定的避乱生活。国难家仇，使诗人愤慨已极，这在此诗中有所体现。

｜延伸阅读｜

寒 食

［宋］释宝昙

梨花吹雪渡清明，天亦那知倦客情。

一院春寒无看处，黄鹂欲诉不成声。

舟中即目[1]

［清］

查慎行

屋角菜花黄映篱，桥边柳色绿摇丝[2]。

分明寒食江南路，剩欠桃花三两枝[3]。

注释

1　舟中即目：船上所看到的景致。查慎行是清初诗坛一大家，宗宋涛，刻画工细，意境清新。此诗可窥见一斑。这是诗人晚年游广东时所作。

2　“屋角”二句：写眼前的景致。小桥流水，垂柳摇曳，菜花映篱，虽是暮春景色，却也盎然。

3　“分明”二句：言眼前的景致明明和江南的寒食景色没有什么两样，只少了桃花三两枝。诗人是浙江人，所以这样说。

春　兴[1]

［清］

黄景仁

夜来风雨梦难成，是处溪头听卖饧[2]。
怪底桃花半零落，江村明日是清明[3]。

注释

1　题为“春兴”，即因春天而起兴。清明前后，春意正浓，故而抒情。但是，诗人笔触并未直接写春景，写节令，而是通过一闻、一见，从侧面道出了清明前后的春日景象。

2　是处：此地。饧（táng）：同“糖”，用麦芽或谷芽熬制的糖。《荆楚岁时记》载：“寒食禁火三日，造饧大麦粥。”即煮糖粥。

3　怪底：反问语，怪不得。

清明前一日[1]

[清]

李 渔

正当离乱世，莫说艳阳天[2]。

地冷易寒食，烽多难禁烟[3]。

战场花是血，驿路柳为鞭[4]。

荒垅关山隔，凭谁寄纸钱[5]？

注释

1 题目为“清明前一日”，即寒食节。李渔是清代著名的戏曲评论家及作家，他的诗浅显易懂。这首诗写出了战乱期间人们凄惶的心情，流露出思安的情绪。

2 离乱世：明崇祯十七年（1644）清兵入关后，国内反抗斗争此起彼伏，清统治者则大肆镇压。“离乱世”当指此。这两句说，正赶上战乱的时候，就说不上什么风日美好的春光了。

3 烽：烽火。古代边防燃烟火以报警。这两句是说，由于避乱，常吃寒食，烽火不断，难以禁烟。

4 驿路：沿途设有驿站的大道。由于战乱，美好的春景在人们眼中也都变了样儿。战场上的花，是死难者的血，驿路两边的柳树，变成征夫的马鞭了。

5　荒垅：指无人祭扫的坟墓。关山：泛指遥远的关塞。这里说，战死的烈士，抛尸远方，指望谁来给烧纸钱呢？后两联皆是正意反写，寒食、禁烟、扫墓、坟纸，本都是寒食、清明的节日内容，但因战争，这一切都改变了：寒食常吃，禁烟不成，关山远隔，不得扫墓。

|延伸阅读|

送陈秀才还沙上省墓

［明］高　启

满衣血泪与尘埃，乱后还乡亦可哀。

风雨梨花寒食过，几家坟上子孙来？

清　明[1]

［唐］

杜　牧

清明时节雨纷纷，路上行人欲断魂[2]。

借问酒家何处有？牧童遥指杏花村[3]。

注释

1　自唐代玄宗诏令天下“寒食上墓”以来，祭扫坟墓就成了寒食的主要节日活动之一。因寒食距清明极近，所以后来清明扫墓就沿袭了下来，直至今日。杜牧的这首“清明”诗写的就是这个内容。这首诗从语句上讲明白如话，却是情景交融，很感人。

2　断魂：心绪悲苦、凄凉。清明节，人们纷纷出城扫墓，祭奠故人，心下已是沉重不安，不想天又下起雨来，淅淅沥沥，更增添了行人的愁苦。所以诗人说，“路上行人欲断魂”。

3　杏花村：泛指卖酒的地方。人一愁就想到酒，问牧童哪里有酒，牧童的回答是指向远远的地方。这两句，足可以构成一幅水墨画，令人遐想，味道隽永。

清　明[1]

［宋］

陈与义

卷地风抛市井声，病夫危坐了清明[2]。

一帘晚日看收尽，杨柳微风百媚生[3]。

注释

1　清明时节，本是出外踏青的好日子，诗人却独坐屋中。

2　抛：抛掷。市井声：商贾叫卖之声。病夫：诗人自指。危坐：古人双膝跪地，将臀部放在足跟上称坐。危坐：即正身而跪。后来以两股着椅正坐为危坐，端坐的意思。了：了结。这两句的意思是，在风吹来的阵阵市井叫卖声中，诗人端坐屋中，准备就这样过一个清明节。

3　一帘晚日：指黄昏时分透过帘隙射进来的阳光。百媚生：形容杨柳枝摇动时所生出的种种柔媚姿态。这两句说，眼看着透过帘隙照进来的阳光消失尽了，亭院中的杨柳在微风中摇曳。

三月二十三日海云摸石[1]

［宋］

范成大

劝耕亭上往来频，四海萍浮老病身[2]。
乱插山茶犹昨梦，重寻池石已残春[3]。
惊心岁月东流水，过眼人情一哄尘[4]。
赖有贻牟堪饱饭，道逢田畯且眉伸[5]。

注释

1　这里的三月二十三日恐为二十一日之误。成都风俗，农历三月二十一日这天，人们纷纷游城东海云山海云寺，并在池中摸石，为求子之祥。太守官也要出郊大宴，叫作“与民同乐”。

2　往来频：指来往的人很多。萍浮：指漂泊如萍之无根，浮游不定。郑玄（东汉人）《戒子益恩书》有“萍浮南北”句。老病身：诗人自指。这两句的意思是劝耕亭来往的游人很多，其中也有四海为家的诗人自己。诗人此时官居不定，流转于西南各地做地方官，所以说“四海萍浮”。

3　这一联的意思是，海云寺赏山茶花犹如是昨日的事（诗人曾于去冬十二月来海云寺赏山茶花，有诗），今日再来摸石，已是暮春了。

4　这两句是说，同时间流逝一样，对于这种一哄而散的过眼人情（虽游人如织，不过为凑热闹而来，瞬息便一哄而散）同样让人感慨不尽。

5　赖：依赖，依仗。贻：赠。牟：通“麰”字，即大麦。《诗经》有“贻我来牟”的诗句。这里作麦子讲。饭：这里作动词用，进食，吃的意思。田畯（jùn）：此为农民的泛称。末二句说，依仗着有粮食吃，路上碰到的农民都舒眉展眼，很欢喜。

| 延伸阅读 |

三月二十一日作

［宋］陆　游

蹴踘墙东一市哗，秋千楼外两旗斜。

及时小雨放桐叶，无赖余寒开楝花。

明月吹笙思蜀苑，软尘骑马梦京华。

憔情减尽朱颜改，节物催人只自嗟。

竹枝歌[1]

[宋]

范成大

五月五日岚气开，南门竞船争看来[2]。

云安酒浓曲米贱，家家扶得醉人回[3]。

注释

1　竹枝：是一种有着浓重民歌色彩的旧诗体，形式是七言绝句。据说为唐代诗人刘禹锡所制，以描写男女恋情、风土人情为主要内容。此诗为后一种，写端午节的热闹场面及欢乐的气氛。

2　五月五日：端午节，亦称“端五节”“重午节”等。端为“开端”“初”的意思，初五可称为“端五”。干支每逢五曰午，五月为午，因此称五月为午月，五月初五就叫作端午。关于端午节，由于地域、习俗不同，有着各种各样的说法。流传最广的一种说法是为了纪念我国古代伟大的爱国诗人屈原。屈原在被放逐期间听说楚国都郢城被秦攻破，痛不欲生，于公元前 278 年农历五月初五日投汨罗江而死。赛龙舟、吃粽子是这个节日的主要内容。岚气：山间的雾气。竞船：赛船。

这两句的意思是，端午节这天，天气晴好，人们纷纷出城来到河边，争看赛船。

3　云安：地名。今四川云阳县。曲（qū）米：指云安的名酒“曲米春”。诗人在这里正意反说，把“家家扶得醉人归”说成是由于饮了云安的物美价廉的名酒“曲米春”的缘故。实际上是人们在端午这一天饮酒、赛船，尽兴而归。唐代王驾《社日》诗中有“桑柘影斜春社散，家家扶得醉人归”句，作者在这里借用此意。

| 延伸阅读 |

五月五日

［宋］梅尧臣

屈氏已沈死，楚人衰不容。

何尝奈谗谤，徒欲却蛟龙。

未泯生前恨，而追没后踪。

沅湘碧潭水，应自照千峰。

端午竞渡棹歌[1]

[宋]

黄公绍

看龙舟，看龙舟，两堤未斗水悠悠[2]。
一片笙歌催闹晚，忽然鼓棹起中流[3]。

注释

1 棹（zhào）：本指桨，这里借指船。这是一首写端午赛船场面的诗。

2 龙舟：龙船。关于端午节的由来，还有两种说法。一说是上古时代祭祀龙的节日。华夏族的先人认为龙是法力最大的神物，以龙为部族标志。而伏羲、颛顼、禹这些著名的部族首领也被后人尊为龙，端午节这天是祭龙盛典中最隆重的一天。还有一种说法是四千年前，我国南方以龙为图腾的少数民族定端午这天举行图腾祭。龙是这个民族的图腾（标志）。农历五月初五这一日，人们将各种食物装在竹筒中或裹在树叶里，献给图腾神。为了取悦图腾神，还在急鼓声中，划龙舟、游戏给图腾神看。这些习俗沿袭下来，就成为端午节的内容了。这两句写，赛龙舟开始前，水面上很宁静。

3 鼓棹：划桨。忽然，笙歌陡起，龙舟竞发，水面上一片喧闹。

芒种后积雨骤冷[1]

［宋］

范成大

梅霖倾泻九河翻，百渎交流海面宽[2]。

良苦吴农田下湿，年年披絮插秧寒[3]。

注释

1 芒种：节气名，一般在阴历五月，阳历六月间交节。因此时适宜种植有芒的农作物，如稻、麦等，所以称“芒种”。积雨：多雨。骤冷：一下子冷了。这首诗写的是芒种后，农民在寒雨中插秧的情景。

2 梅霖：即梅雨。久下不停的雨为“霖”。九河：古代黄河自河南孟津以北，分为九道，称之九河，这里泛指南方的河汉。百渎：很多条河流大川。这两句说，梅雨不停地下，上涨的河水翻腾，汇入大海时，海面都显得宽了。

3 良苦：非常辛苦。吴农：吴地的农民。田下湿：水田。披絮：披着棉衣。“絮”是棉花。这两句的意思是，吴地的农民们真辛苦，年年都要在这梅雨的湿冷气候中在水田里插秧。

夏至日作[1]

［唐］

权德舆

璇枢无停运，四序相错行[2]。

寄言赫曦景，今日一阴生[3]。

注释

1　夏至：二十四节气之一，在阳历六月二十一日或二十二日。这天太阳经过夏至点，北半球昼最长，夜最短。这是一首写夏至的诗。诗人用颇具哲理的话语提示人们，炎夏虽到，因为“璇枢无停运”，秋天亦将转瞬到来。

2　璇：璇玑。北斗星中四颗成斗的星叫作璇玑。枢：北斗第一颗星。璇枢在这里泛指北斗星。古人观天象以北斗星转动的方位定时间的运行。四序：指春、夏、秋、冬四季。

3　赫曦景：指炎炎夏日。一阴生：古人认为大自然中阴阳相互倚伏。阳盛之时，阴气萌生。夏至日后，白昼渐短，以为是阴气初动。所以也称夏至为“一阴生”。这两句的意思是，虽然炎夏到来，但也就是从今日起，阴气萌动，夏季很快就会被秋天所取代。

六月二十四日荷花荡泛舟作[1]

[清]

舒位

吴门桥外荡轻舻，流管清丝泛玉凫[2]。
应是花神避生日，万人如海一花无[3]。

注释

1　六月二十四日：吴地风俗，这一天为观莲节，亦称荷花生日。荷花荡：在江苏省吴县（今江苏省苏州市吴中区）城外。观莲节这天，人们纷纷出城，在荷花荡中奏乐泛舟，赏荷纳凉。这首诗所描绘的就是荷花生日湖中赏荷的场面。遗憾的是花神不领情，仿佛在躲避生日这天的繁文缛节，湖上莲花竟一朵不开。

2　吴门：吴县的城门。轻舻（lú）：轻便的小船。流管清丝：指悦耳清亮的江南丝竹音乐。玉凫：玉制的凫形酒樽。凫为野鸭。这两句说，吴门桥外，诗人泛舟荷花荡上，清越的丝竹回荡在湖面。诗人一边品味美酒，一边欣赏着动听的音乐。据《述异记》说，汉灵帝游于西园，奏招商之歌，以招凉气。歌曰："清丝流管泛玉凫，千年万岁喜难逾。"

3　应是：想必是。花神：指荷花神。末两句的意思是，想必是荷花神在躲避众人祝贺自己的寿辰。人们为了一睹花姿齐聚湖上，不想荷花却一朵也未开放。苏轼有诗句“万人如海一身藏”，此诗末句即从此处点化而来。

|延伸阅读|

六月二十三日归，舟过荷花塘戏作

［清］查慎行

绿水红蕖连夜开，明朝多少画船来。

归人合被游人笑，拣取花前一日回。

七　夕[1]

［唐］

白居易

烟霄微月澹长空，银汉秋期万古同[2]。

几许欢情与离恨，年年并在此宵中[3]。

注释

1　牛郎织女的故事在我国可谓是家喻户晓。这样一个凄婉哀绝的悲剧故事，历来为骚人墨客所吟咏，对这对有情人寄予深深的同情。白居易的这首“七夕”诗，即是农历七月初七日抒怀。

2　烟霄：指高高的天空。微月：初七的月亮为上弦月，只呈现一点点，而且光昏，所以称微月。澹：黯淡。因为是弦月，所以夜空黯淡。银汉：银河。秋期：指七夕，牛郎织女相会的日子。这两句诗人由写景入手，写牛郎织女于七月初七这一日相会，千古不变。

3　几许：多少。两句言见面的喜悦与离别的哀婉都要在这短短的瞬间相互倾诉。

七 夕[1]

[唐]

李 贺

别浦今朝暗，罗帷午夜愁[2]。
鹊辞穿线月，花入曝衣楼[3]。
天上分宝镜，人间望玉钩[4]。
钱塘苏小小，更值一年秋[5]。

注释

1 名为“七夕”，实际上是一首写闺中离怨的诗。诗中的主人和自己的心上人初次会面恰巧是在七夕这一天，所以每逢这日，便不胜思念。天上的牛郎织女，地上的旷夫怨妇，相互映照，使人读后亦不免怅怅。李贺是中唐的杰出诗人，他的诗想象大胆，别开生面，有着独特的艺术风格。

2 别浦：这里指天上的银河。“浦”为水边。因为牛郎织女隔河相望，所以称“别浦”。暗：传说为了牛郎织女七夕这天相会，银河隐去，因此说“暗”。罗帷：丝制的帷帐。这两句是说，牛郎织女即将相会，纱帐中的主人公却在离愁别绪中辗转徘徊。

3　穿线月：七夕这天，民间有各种各样的活动，比如女子乞巧：妇女结彩楼，穿七孔针，庭院中摆上瓜果。此日的月亮叫作“穿线月”。曝衣：农历七月初七这天，人们要晒经书、衣物。

4　分宝镜：南朝陈太子舍人徐德言娶乐昌公主为妻。此时陈国势衰危，德言对公主说：“凭你的才色，国破后必入权贵之家。倘若情缘不断，还有希冀相见。”于是破镜各执其半，作为信物。后陈亡，公主果然为杨素霸占为妻。一日，德言流连市上，卖镜赋诗。传至杨府，公主悲泣。杨素知道了其端末，又使公主与德言团聚了。“破镜重圆”这个成语就是从这里来的。玉钩：钩有返还相连的意思。望玉钩，即希望重合之意。这两句是说，牛郎织女合而复分，人间离人希望重合。

5　苏小小：钱塘名妓，南齐时人。这里指主人公所思念的人。末二句说，一年又要过去了，久别的情人还会有相逢的日子吗？

秋 夕[1]

[唐]

杜 牧

红烛秋光冷画屏，轻罗小扇扑流萤[2]。

瑶阶夜色凉如水，卧看牵牛织女星[3]。

注释

1　秋夕：指七夕。这是杜牧的一首写七夕的诗，主人公为幽闭内庭的宫女。诗人描绘一个不失浪漫天真的少女，却有了心事，望着牛郎织女星出神、遐想。

2　画屏：绘上彩图的屏风。轻罗小扇：纨扇，丝罗制成的扇子。

3　瑶阶：皇宫中的台阶。末句“卧看牛郎织女星”暗喻宫女的心事，显得深沉含蓄。

立秋日曲江忆元九[1]

［唐］

白居易

下马柳阴下，独上堤上行。
故人千万里，新蝉三两声。
城中曲江水，江上江陵城。
两地新秋思，应同此日情。

注释

1　立秋：二十四节气之一，在阳历八月八日、九日。秋季即从此日开始，以后气温开始逐渐下降。元九：元稹。白居易的好友，著名诗人。这是诗人立秋日游曲江，忆念好友元稹的一首诗。立秋之日，诗人骑马出郊，在江堤上踽踽独行。这时候诗人想到了千里之外的朋友，思念之情油然而起。一个在曲江池畔，一个在江陵（今湖北省荆州市）城中。于是诗人想象着，此刻元稹也一定在想念着自己，两地秋思同样深切。这首诗明白如话，语言上很有特点。诗人用了众多的重复字，“下马柳阴下，独上堤上行”“江上江陵城”，似乎是在刻意打破陈规，自创新格。

月夜忆舍弟[1]

[唐]

杜甫

戍鼓断人行，边秋一雁声[2]。

露从今夜白，月是故乡明[3]。

有弟皆分散，无家问死生[4]。

寄书长不达，况乃未休兵[5]。

注释

1 舍弟：家弟。这是杜甫在乾元二年（759）秋作于秦州（今甘肃省天水市）的一首怀念胞弟的诗歌。从“露从今夜白”一句看，此诗应写于白露这一天。

2 戍鼓：戍楼上的更鼓。断人行：指宵禁。更鼓响过，禁止行人。边秋：边地的秋天。秦州地处边塞，恰逢秋天，所以说边秋。一雁声：孤雁哀鸣。这两句先写秦州在战乱时的紧张气氛，下句点明节令，起意。以雁声引起怀念兄弟的情怀。此时正是史思明叛军猖獗的时候，西面吐蕃也不时侵扰。

3 露从今夜白：指此日为白露。白露为二十四节气之一，在阳历九月八日前后。据古书载，白露之日鸿雁来，也就是从这日起，候鸟开始南飞。《诗经·国风·蒹葭》有“蒹葭苍苍，白露为霜”句。所以诗人这里说，露从今夜白。这两句的意思是，今夜恰逢白露，更添秋深怀人之念，望月思乡，倍感流离之苦。

4　杜甫有兄弟五人，甫居长。此时他寓居秦州，有三个弟弟散处在河南、山东，所以说“有弟皆分散”。“无家问死生”则说，兄弟们因战乱流离失所，老家已无人，也就无从知道他们的生死了。

5　寄书：寄信。长不达：常常寄不到。况乃：何况是。这两句说，由于战事频仍，书信常常寄不到，就更令人挂念了。

| 延伸阅读 |

白　露

[唐] 杜　甫

白露团甘子，清晨散马蹄。

圃开连石树，船渡入江溪。

凭几看鱼乐，回鞭急鸟栖。

渐知秋实美，幽径恐多蹊。

七　月[1]

［先秦］

《诗经·豳风》

七月流火，九月授衣[2]。

一之日觱发，二之日栗烈。

无衣无褐，何以卒岁[3]！

三之日于耜，四之日举趾[4]。

同我妇子，馌彼南亩[5]。田畯至喜[6]。

七月流火，九月授衣。

春日载阳，有鸣仓庚[7]。

女执懿筐，遵彼微行，爰求柔桑。

春日迟迟，采蘩祁祁[8]。

女心伤悲，殆及公子同归[9]。

七月流火，八月萑苇。

蚕月条桑，取彼斧斨，

以伐远扬，猗彼女桑[10]。

七月鸣鵙，八月载绩。

载玄载黄，我朱孔阳，为公子裳[11]。

四月秀葽，五月鸣蜩。

八月其获，十月陨萚[12]。

一之日于貉，取彼狐狸，为公子裘。

二之日其同，载缵武功。

言私其豵献豜于公[13]。

五月斯螽动股。六月莎鸡振羽。

七月在野，八月在宇，

九月在户，十月蟋蟀入我床下。

穹窒熏鼠，塞向墐户。

嗟我妇子，曰为改岁，入此室处[14]。

六月食郁及薁，七月亨葵及菽。

八月剥枣，十月获稻。

为此春酒，以介眉寿。

七月食瓜，八月断壶，九月叔苴。

采荼薪樗，食我农夫[15]。

九月筑场圃，十月纳禾稼。

黍稷重穋，禾麻菽麦。

嗟我农夫，我稼既同，上入执宫功。

昼尔于茅，宵尔索绹。

亟其乘屋，其始播百谷[16]。

二之日凿冰冲冲，三之日纳于凌阴。

四之日其蚤，献羔祭韭。

九月肃霜，十月涤场。

朋酒斯飨，曰杀羔羊。

跻彼公堂，称彼兕觥，万寿无疆[17]。

注释

1　这是一篇以叙述农民全年劳动为主的诗。诗中记录了劳动人民的艰辛，也有贵族公子们的不劳而获。从中我们可以看到周代劳动人民生活的剪影。

2　七月：夏历七月。流火：火为星名，又叫大火。每年夏历六月，此星出现在正南方，方向最正而位置最高。到七月，偏西而向下行，所以说“流”。授衣：准备冬衣。这句的意思是，夏历七月，暑去秋来，九月，妇女们就要为大人孩子们准备好过冬的衣服了。

3　一之日：周历正月。秦代以前，我国没有统一的历法，分别使用周历、殷历、夏历。三历的区别就在于岁首的建月不同。以周历为准，殷历正月在周历的十二月，夏历在周历的十一月。古人亦称三历为三正。因夏历较为符合农事季节，所以秦始皇时统一为夏历，后除少数年代外，各朝沿袭，直至今天还在使用（农历）。此诗中，周历、夏历并用，所有的月份用夏历。“一之日”用的则是周历。下文中的“二之日”“三之日”、“四之日”以此类推，指夏历十一月至二月。觱发（bì bō）：象声词，寒风触物的声音。栗烈：同“凛冽”，寒冷。褐：粗毛布。卒岁：过完一年。这一句说，正月时，寒风呼呼响；二月时，天寒地冻；没有衣服怎么过得去这年呢？

4　于：为，这里是修理、准备的意思。耜（sì）：翻土用的农具。举趾：抬足。这里是抬步下田的意思。这两句说，三月时候，要收拾农具，准备下田了。

5　同：与，俱。我：家长的自称。馌（yè）：送饭。南亩：南北向的农田。这两句的意思是，女人孩子都和我一起下地了，饭也在地里吃。

6　田畯（jùn）：管理农民的官。至：到。这句是说田畯到田里视察，看到农民在劳动后，高兴了。这一段写冬寒，春耕。

7　春日：春天。载：语助词。阳：这里作动词用，天气转暖的意思。仓庚：鸟名，即黄鹂鸟。这句说，春天到了，天气暖和，听见了黄鹂鸟的叫声。

8　执：拿。懿筐：深筐。遵：顺着，沿着。微行（háng）：小路。爰（yuán）：语助词。求：寻求。柔桑：嫩桑叶。迟迟：白天长，日落晚。蘩：一种菊科植物，据说用来烧汤浇蚕而易出。祁祁：形容繁多。这几句的意思是，女子们身背竹筐，沿着小路去采桑，采蘩。一天下来，采了那么多的嫩桑叶和蘩。

9　殆：将。及：与。公子：这里指贵族子弟。这一句说，女子们最害怕、最伤心的事，是被公子们看见胁迫而去。

10　萑（huán）：芦苇一类的草，可制蚕箔。蚕月：养蚕的月份，指夏历三月。条桑：修剪桑枝。斨（qiāng）：古人使用的一种斧子。远扬：伸得长长的枝杈。猗（jī）：牵引，攀曳。女桑：即嫩桑。这几句的意思是，在养蚕的月份里，要不停地修整桑树，砍去多余的枝杈，留下新长出来的嫩枝。

11　鵙（jué）：鸟名，即伯劳鸟。绩：纺织。玄：黑红色。朱：朱红色。孔：非常。阳：色彩鲜艳。这几句的意思是，七月、八月伯劳叫的时候，妇女们就要纺织了。织染成各种鲜艳的布，为公子们做衣裳。

12　秀：动词，指植物结子。葽（yāo）：又叫远志，味苦，可入药。蜩（tiáo）：蝉。其获：开始收割庄稼。陨萚（tuò）：落叶。这几句是说，四月远志结子，五月蝉叫，八月收割，十月草木落叶。

13　于貉（mò）：同“祃”。古时射猎前演习武事的仪式叫貉祭。于貉，举行貉祭。缵：继续。武功：指田猎。言：语助词。豵（zōng）：一岁的小猪。这里泛指小兽。豜：三岁的大猪。泛指大兽。这一段的意思是，冬月到了，盛大的貉祭仪式之后，就去狩猎了。猎获的狐狸献给公子们做皮衣；小兽归自己，大兽属众人。

14　斯螽（zhōng）：即螽斯，属蝗虫类昆虫，吃庄稼。动股：两翅摩擦而发声。莎（suō）鸡：即纺织娘。穹窒：堵塞洞穴。墐（jǐn）户：用泥涂门。改岁：过年。处：居住。这一段的意思是，五月时候，斯螽鸣叫；六月，莎鸡满天飞；七月，蟋蟀在田野里叫，八月在屋顶上，九月进屋，十月就在床下叫了。这时候就要堵洞熏鼠，涂严窗门，人们要在屋里过冬天了。

15　郁及薁（yù）：李子和山葡萄。亨：同“烹”。葵：葵菜。菽：豆类。介：同“乞”，祈求的意思。眉寿：长寿。壶：葫芦。叔：拾取。苴：麻子，可吃。荼：苦菜。樗（chū）：臭椿树。食（sì）：养活。这一段说，六月有李子、山葡萄可吃；七月，餐桌上就有了葵菜、豆角；八月打枣，十月获稻，就可以酿造来年祝寿用的春酒了。七月瓜熟，八月葫芦落架，九月收取麻子，采药砍柴。一年到头，农夫们只有不断地劳作才能够生活。

16　筑：把土铲平。场圃：晒打粮食的场地。纳：收纳，把粮食存入谷仓。黍：小米。稷：高粱。重穋：即穜稑（tóng lù），先种后熟的穜，后种先熟的叫稑。这里指入仓的各种粮食。同：集中。上：同“尚”，还要的意思。执：执行。宫：贵族的住宅。功：指各种劳役。于茅：整理茅草。索绹：搓绳子。亟：赶快。乘：登、升。这一段的意思是，九月打场，十月入仓。好容易农活忙完了，还要去服劳役。白天理茅，晚上搓绳。赶着修完大人们的房屋，不然，春耕播种就要开始了。

17　冲冲：凿冰的声音。凌阴：冰窖。按周礼，一月纳冰，以备暑天用。蚤：同“早”。指贵族们每年夏历二月朔日举行的祭祖仪式。羔、韭：祭祖用的供品。肃霜：九月天气肃杀而霜降。涤场：洒扫场院。朋酒：两樽酒。飨：享用酒食。跻：升。公堂：公用的房屋。称：举。兕（sì）觥：兕为犀牛，觥为酒器。这里指用犀牛角制成的酒杯。万寿无疆：祝颂词。这一段说，按周礼，腊月凿冰，一月纳冰，二月祭祖。待一年的农事完毕，还要宰杀羔羊，聚于公堂，向有身份的君子们敬酒祝寿。

| 延伸阅读 |

秋游原上

［唐］白居易

七月行已半，早凉天气清。
清晨起巾栉，徐步出柴荆。
露杖筇竹冷，风襟越蕉轻。
闲携弟侄辈，同上秋原行。
新枣未全赤，晚瓜有馀馨。
依依田家叟，设此相逢迎。
自我到此村，往来白发生。
村中相识久，老幼皆有情。
留连向暮归，树树风蝉声。
是时新雨足，禾黍夹道青。
见此令人饱，何必待西成。

禾熟[1]

［宋］

孔平仲

百里西风禾黍香，鸣泉落窦谷登场[2]。

老牛粗了耕耘债，啮草坡头卧夕阳[3]。

注释

1　这是一首写秋季稻谷熟的诗。秋天，割稻打谷，田家又要忙一阵子了。耕作一年的老牛倒有了喘息的工夫，清闲地卧在山坡上，晒太阳，嚼青草。这首诗构思新颖别致，为后人所称道。清代画家恽格有一幅《村乐图》，画的就是此景。

2　鸣泉落窦：窦指地穴。意思是秋天，地下水位低了，泉水也相应地小了。

3　粗了：粗粗地了结。啮草："啮"是啃、咬的意思。啮草，即吃草。

道中秋分[1]

［清］

黄景仁

万态深秋去不穷，客程常背伯劳东[2]。
残星水冷鱼龙夜，独雁天高阊阖风[3]。
瘦马羸童行得得，高原古木听空空[4]。
欲知道路看人意，五度清霜压断蓬[5]。

注释

1　秋分：二十四节气之一，阳历为九月二十三或二十四日。这一天起，昼夜平分。这是一首行旅诗，因在道中逢秋分而作。

2　万态：秋天的各种景致。伯劳：鸟名。《玉台新咏》中《东飞伯劳歌》有"东飞伯劳西飞燕"句，后称朋友分别为劳燕分飞。常背伯劳东，指客程常向西行。这两句的意思是，时至深秋，前面的路还是没有穷尽，不停地与朋友告别，不停地向西走。

3　鱼龙夜：杜甫《秦州杂诗》有"水落鱼龙夜"诗句。鱼龙本水名，在今甘肃省天水市一带。这里泛指江上夜色。阊阖风：西风。古籍曾记载："秋分昌盍（阊阖）风至。"这两句写景，并用“阊阖风”点出时令。阊阖，即天门。

4　羸童：瘦弱的书童。这两句写诗人走在路上，听到自己所骑瘦马的“得得”声及秋风吹动高原林木的“空空”声。

5　五度清霜：五个秋天。断蓬：断梗飘蓬，比喻漂流无定。这里诗人用拟人手法，意思是说，道路啊，要想知道行人此刻想什么？（那就是）已经五个秋天了，我都像断蓬一样，漂流在外。

| 延伸阅读 |

晚　晴

［唐］杜　甫

返照斜初彻，浮云薄未归。

江虹明远饮，峡雨落馀飞。

凫雁终高去，熊罴觉自肥。

秋分客尚在，竹露夕微微。

秋日行村路[1]

［宋］

乐雷发

儿童篱落带斜阳，豆荚薑芽社肉香[2]。

一路稻花谁是主？红蜻蛉伴绿螳螂[3]。

注释

1　行：行进。

2　社肉：社日那天祭祀社神的胙肉。诗中写的是秋社。和春社相对，秋社在立秋后的第五个戊日，即在秋分前后。祭春社习俗在汉民族中由来已久，汉代以前就有了。秋社则是在汉代以后才有的。这两句写的是，黄昏时分，诗人路过一个村庄。儿童们在篱边戏耍，家家户户飘出阵阵肉香。这是村民们在煮社日用的胙肉。

3　蜻蛉：蜻蜓的别称。天色晚了，田地里无人，是一片昆虫的世界，所以诗人说，“红蜻蛉伴绿螳螂”。像末句这样的句法与颜色的对照，古人诗中常常见到。比如李商隐的“回廊四合掩寂寞，碧鹦鹉对红蔷薇”（《日射》）；陆游“一片风光谁画得，红蜻蜓点绿荷心”（《水亭》）。乐雷发此联则写得具体新鲜，把全诗映带得很精彩、别致。

十五夜望月寄杜郎中[1]

［唐］

王　建

中庭地白树栖鸦，冷露无声湿桂花[2]。

今夜月明人尽望，不知秋思落谁家[3]。

注释

1　十五夜：指中秋节的夜晚，杜郎中：郎中为官名。杜郎中，生平不详。这是唐代诗人王建的一首名诗，写中秋望月怀友。

2　地白：月光满地。这一联诗人用中庭地白、栖鸦不惊、露湿桂花三个特征，说明月色之清，夜之深沉，秋色之浓。

3　落：在、归的意思。这两句是说，此夜月色如此之好，天下人谁不观赏？赏月之时，定起秋思，还不知感秋的人是谁呢？末句，诗人不言己之感秋，却问“不知秋思落谁家”，妙！

褒城驿池塘玩月诗[1]

[唐]

羊士谔

夜长秋始半，圆景丽银河[2]。
北渚清光溢，西山爽气多。
鹤飞闻坠露，鱼戏见增波[3]。
千里家林望，凉飔换绿萝[4]。

注释

1　褒城：地名。在今陕西省汉中市勉县东北。这是一首中秋节赏月诗。中秋节的夜晚，诗人立于池畔。皓月当空，塘里泛着清光，凉爽的秋风徐徐而至。白露始降，惊飞了仙鹤。水底的鱼儿嬉戏，荡起水波。此时此刻，诗人心中升起一缕淡淡的哀愁。

2　夜长：指秋天的夜渐渐地长了。秋始半：中秋。八月十五正好在秋季的正中。圆景：中秋的圆月。丽：附着，依附。银河：这里代指夜空。这两句的意思是，中秋的夜晚，明月悬挂中天。

3　渚（zhǔ）：水边。清光：指月光。中间两联，是诗人在水边赏月时的所闻所见。

4　家林：家园，故乡。凉飔：凉风。萝：这里指草木。诗人由明月想到了千里之外的家园，不觉翘首遥望。秋风一起，草木变黄，一年又过去了。仰望明月，诗人更加思念自己的故里、亲人。

｜延伸阅读｜

八月十五夜玩月

［唐］栖　白

寻常三五夜，不是不婵娟。

及至中秋满，还胜别夜圆。

清光凝有露，皓魄爽无烟。

自古人皆望，年来又一年。

八　月[1]

［唐］

章孝标

徙倚仙居绕翠楼，分明宫漏静兼秋[2]。

长安夜夜家家月，几处笙歌几处愁[3]。

注释

1　八月：这里指八月十五中秋节。这是一首宫怨诗。写中秋节的晚上，宁静的夜色中，宫女踟蹰在殿阁旁，仰望明月，发出深深的哀怨。感情细腻，层次分明。

2　徙倚：徘徊，心中不平静的样子。仙居：这里指宫殿。“翠楼”亦是此意。宫漏：古代计时的器具。这两句的意思是，一个宫女徘徊在殿堂外，只听得宫漏的滴水声。“静”“秋”，点明节令，中秋节的晚上更深夜静，同时暗写秋思。

3　“长安”句：这两句有民歌“月亮弯弯照九州，几家欢乐几家愁”的意思。写宫女由自家想到万家。

中秋月[1]

［唐］

张　祜

碧落桂含姿，清秋是素期[2]。
一年逢好夜，万里见明时[3]。
绝域行应久，高城下更迟[4]。
人间系情事，何处不相思[5]。

注释

1　这是一首中秋节怀亲的诗。中秋之夜，明月当空，清辉洒满大地，正是赏月的好时机。诗人不禁诗兴大发。

2　碧落：天空。桂含姿：传说月亮上有广寒宫，宫门口有桂花树。这里用桂树代指月亮。素期："素"为白色，依古代五行说，秋尚白，故亦称素秋。这一联的意思是，清爽的中秋节夜晚，一轮明月悬挂中天。

3　这一联是说，一年中只有中秋夜的月亮最好，清光洒满大地。

4　绝域：绝远的地域，指边塞。高城：边塞的城关。

5　中秋的圆月是亲人团圆的象征。中秋是团圆的日子。但身处绝域的离人们只有望月兴叹，别添一份离愁别恨。

| 延伸阅读 |

中秋月

［宋］苏　轼

暮云收尽溢清寒，银汉无声转玉盘。

此生此夜不长好，明月明年何处看。

中秋月[1]

［宋］

朱淑真

杳杳长空敛雾烟，冰轮都胜别时圆[2]。

风传漏报天将晓，惆怅婵娟又一年[3]。

注释

1　这是宋代女诗人朱淑真的一首咏中秋节的诗。

2　杳杳：远得没有尽头。敛烟雾：收敛了烟雾。这里说天空晴朗。冰轮：明月。都胜：胜过。这两句的意思是，晴朗的夜空中，一轮明月，此时的月亮胜过任何十五的圆月。

3　婵娟：原指娇好的面貌。这里指中秋月。苏轼词："但愿人长久，千里共婵娟。"末联说，晚风送来更漏的声音，天快要亮了，想起再看到中秋月，就要等到明年的此日，惆怅之情油然而生。这两句不露痕迹，却生动地描绘出一个多愁善感的女诗人赏月的孑然身影。

四时田园杂兴六十首（选一首）[1]

[宋]

范成大

中秋全景属潜夫，棹入空明看太湖[2]。
身外水天银一色，城中有此月明无[3]。

注释

1　本题共六十首，选一首。中秋佳节，本应亲人团聚，共享天伦之乐。诗人却一叶轻舟，来到了太湖的碧波之上。晴空皓月，水天一色。此美景别无他属，只有诗人才解其中味。喧嚣的尘世之中，是找不到此种乐趣的。诗人的恬然之情溢于言表。

2　潜夫：东汉王符，因性情耿直，不与世俗同流，故隐居著书，以潜夫自称，著有《潜夫论》。此处的潜夫，是隐者的意思。此时，范成大大病之后，隐居乡里，所以称自己为“潜夫”。棹（zhào）：指船。空明：水为月色照映，明彻如空，曰空明。

3　城中：和上面“潜夫”相对，指喧嚣的利名之地。

于长安归还扬州，九月九日薇山亭赋韵[1]

[南朝·陈]

江　总

心逐南云逝，形随北雁来[2]。

故乡篱下菊，今日几花开[3]？

注释

1　长安：地名。故址在今陕西西安西北。扬州：今江苏扬州市。九月九日：重阳节。九为阳数，九月又九日，故曰重阳。隋代定都长安，诗人江总系南朝陈入隋，拜上开府，不久即逝于江都（今江苏省扬州市）。这首诗就是诗人晚年回归扬州时，在途中逢重阳节所作。

2　南云：南去的云：北雁：北方的雁。这里指去南方过冬的北雁。这两句的意思是：虽然身体伴随着从北方来的大雁南行着，心却早随着南飘的云远去了。

3　故乡：江总为河南人，因久在南朝梁、陈为官，遂家宅建在金陵（今江苏省南京市）。这里的故乡指的就是金陵的江总宅。这两句是诗人借问篱下几花开，以抒自己的思乡之情。

九月九日忆山东兄弟[1]

[唐]

王 维

独在异乡为异客，每逢佳节倍思亲[2]。

遥知兄弟登高处，遍插茱萸少一人[3]。

注释

1 山东：指华山以东地区，系诗人的家乡所在，山西蒲地（今山西省永济市）。原诗注有“时年十七”四字，可知此诗是诗人早年的作品。

2 佳节：指九月九日重阳节。这两句是诗人自言。身在异乡作客，平时还会思亲，逢到佳节，就更加思亲。这里诗人的感情细腻，把乡思写得一层深似一层。所以“每逢佳节倍思亲”为乡思的绝唱，能够流传至今。

3 茱萸：一种芳香植物，亦名越椒。《续齐谐记》载：汝南桓景随费长房游学多年。一日，长房对桓景说：“汝家当有灾厄，赶快让你的家人缝小袋装上茱萸系在臂上，登上高地饮菊花酒，此祸可消。”桓景依言，和家人一起登山避祸。晚上还家时，见鸡、狗、牛、羊一时暴死。桓景对费长房说了，长房说："牲畜代你们受过了。"自此以后，为消灾避祸，农历九月九日登高饮菊花酒，戴茱萸囊的习俗便沿袭了下来。这两句是诗人遥想山东的兄弟们，登高饮酒，遍插茱萸时，一定会想念自己的。寥寥四句诗，先言己之思乡，后遐想家人思己。读之，一股友爱之情油然而起。

| 延伸阅读 |

九月九日

［唐］崔善为

九日重阳节，三秋季月残。
菊花催晚气，萸房辟早寒。
霜浓鹰击远，雾重雁飞难。
谁忆龙山外，萧条边兴阑。

行军九日思长安故园[1]

［唐］

岑参

强欲登高去，无人送酒来[2]。

遥怜故园菊，应傍战场开[3]。

注释

1 天宝十四年（755）冬，安史之乱发生，次年六月，潼关陷落，唐玄宗逃往四川，安禄山攻陷长安。七月，李亨在灵武即位称帝，即唐肃宗。至德二载（757），肃宗从灵武进至凤翔（今陕西省凤翔县），在这一年的九月，郭子仪等率兵收复长安。此诗作于这之前。此时岑参在凤翔任右补阙。诗人抒写了因逢佳节而起的思乡情绪，进而感叹都城长安久陷叛军手中，不得收复。一字一句都流露出作者对于战乱的无限感慨。

2 登高：重九这天要登高饮菊花酒。送酒：东晋诗人陶渊明因家贫，农历九月九日无酒，就采摘了满把的菊花，坐在宅边的菊花丛旁。坐了很久，有一个白衣人来送酒。白衣人是江州刺史王弘的使者。这两句诗说，适逢重阳佳节，也想按照往日的风俗登高饮酒，无奈兵荒马乱中，无酒可饮。

3　应：只能，只有。傍：挨着，旁边。这两句说，因逢佳节，不由得想起了千里之外的长安故园，那里的菊花只有挨着战场开了。

| 延伸阅读 |

重阳席上赋白菊

［唐］白居易

满园花菊郁金黄，中有孤丛色似霜。

还似今朝歌酒席，白头翁入少年场。

九日寄岑参[1]

[唐]

杜甫

出门复入门，雨脚但如旧[2]。
所向泥活活，思君令人瘦[3]。
沉吟坐西轩，饭食错昏昼[4]。
寸步曲江头，难为一相就[5]。
吁嗟乎苍生，稼穑不可救[6]。
安得诛云师，畴能补天漏[7]。
大明韬日月，旷野号禽兽[8]。
君子强逶迤，小人困驰骤[9]。
维南有崇山，恐与川浸溜[10]。
是节东篱菊，纷披为谁秀[11]。
岑生多新诗，性亦嗜醇酎[12]。
采采黄金花，何由满衣袖[13]。

注释

1　九日：指唐天宝十三年（754）的重阳节。岑参，盛唐边塞诗的代表诗人，是杜甫的好朋友。这年秋天，长安一带秋雨连绵，杜甫为阴雨所阻，未能与岑参共同饮酒赏菊，故诗人以诗代柬，向好友表示遗憾。

2　雨脚：雨丝。这两句意思是，出了门又不得不回来，外面的雨还是那么大。

3　活活（guō）：口语，形容路有积水，泥泞不堪。

4　饭食错昏昼：阴雨连绵，昼夜不分，以致错乱了吃饭的时间。

5　寸步：路程很近。曲江头：指岑参的寓所。相就：造访岑参一事。这句说，路程虽近，无奈天下着雨，不能走，这段诗人写因不能和好友相会的那种思念之情。

6　稼穑：庄稼。这两句是诗人想到霖雨淹没了庄稼，不觉为百姓生计长叹。

7　安得：怎能。云师：云神。天漏：指下雨。畴：谁。这两句诗人说，怎么才能诛戮云师？谁能补天，使得它不下雨呢？

8　大明：光亮。韬：隐匿。号：吼叫。这两句说，日月无光，禽兽在旷野哀号。

9　君子：指有车马的达官贵人。强：勉强。逶迤：曲折状。小人：平民百姓。困：羁困。驰骤：疾行。这两句的意思是，无论是达官贵人，还是平民百姓，在这阴雨泥泞的路上，都难于行动。

10　维：句首语助词。崇山：指长安南面的终南山。川浸：

溢满山川的大水。溜：漂流而去。这两句说，恐怕终南山都要被随阴雨所至的洪水冲走了。这是夸张写法。

11　是节：眼下的这个重阳节。东篱菊：菊花。纷披：花叶繁茂的样子。为谁秀：言无人观赏。东晋诗人陶渊明有“采菊东篱下，悠然见南山”的名句，这两句即由此化出，并反其意而用之。感叹重阳节逢雨，不得赏菊。

12　醇酎（chún zhòu）：酒名。汉代宫廷宗室饮的一种酒。正月作酒，八月成，也叫“九醞”。这两句是诗人说岑参经常有新诗出来，也爱饮酒。

13　采采：盛多貌。黄金花：菊花。何由：怎能。唐代文人重阳节时有饮酒采菊的习俗。所以作者在这里为因下雨不能聚饮采菊而惋惜，说“何由满衣袖”。

｜延伸阅读｜

九日酬诸子

［清］妙　信

不负东篱约，携尊过草堂。

远天连树杪，高月薄衣裳。

握手经年别，惊心九日霜。

诸君才绝世，独步许谁强。

九日齐山登高[1]

［唐］

杜 牧

江涵秋影雁初飞，与客携壶上翠微[2]。
尘世难逢开口笑，菊花须插满头归[3]。
但将酩酊酬佳节，不用登临恨落晖[4]。
古往今来只如此，牛山何必独沾衣[5]。

注释

1 齐山：在今安徽省池州市东。作此诗时，杜牧为池州刺史。以一曲《宫词》“故国三千里，深宫二十年。一声何满子，双泪落君前”而著名的张祜此时亦在池州。于是这对好朋友登山临水，吟咏唱和。这首诗便是其中的一首。张祜也写了一首《和杜牧之齐山登高》作答。杜牧的这首诗，调子抑郁，包含着人生多忧，生死无常的悲哀，但其中的“尘世难逢开口笑，菊花须插满头归”却写得生动活泼，情趣盎然，使人在低沉的吟唱中似乎捕捉到旷达开朗的异响。

2 江涵秋影：秋天的景色映入江中，故言“江涵秋影”。客：

指伙伴张祜。翠微：这里指山。这两句，前句写重阳节的景致，下句言和张祜携带酒壶去登高。

3 尘世：人间、世间。这两句说，既然人世间难得碰上高兴的事，适逢佳节，就要插满一头花回去。大概唐代的文人们有重九登山饮酒、采摘菊花的习俗。

4 酩酊：大醉的样子。这两句说，开怀痛饮，酩酊致醉就能酬报重阳节的到来，用不着站在高处对着落日发感慨。

5 牛山：在山东省临淄南。春秋时，齐景公临牛山，向北遥望齐国，他说："人倘使能不死多好啊！我怎么能丢弃这样好的国家而去呢？"说着，流下了眼泪。这两句说，古往今来的世事只有如此，又何必像齐景公那样在牛山泣涕呢？

| 延伸阅读 |

九月九日玄武山旅眺

［唐］卢照邻

九月九日眺山川，归心归望积风烟。

他乡共酌金花酒，万里同悲鸿雁天。

甲辰九日感怀[1]

[清]

顾祖禹

萧飒西风动客愁，停樽无处漫登楼[2]。

赭衣天地骊山道，白袷亲朋易水秋[3]。

征雁南飞无故国，啼猿北望有神州[4]。

茱萸黄菊寻常事，此日催人易白头[5]。

注释

1　甲辰九日：指清康熙三年（1664）的重阳节。这年的九月七日，抗清志士张煌言在杭州就义。诗人作此诗悼念这位民族英雄。

2　停樽无处：重九日无处登高、饮酒。头两句的意思是，萧飒的西风撩动了诗人的悲思，因无处登高饮酒，不经意地登上了一座城楼。

3　赭衣天地：赭衣为古代罪犯所穿的赤色衣服。这里指罪人满天下。骊山道：骊山在陕西省。秦始皇曾发罪人筑骊山阁道。《汉书》中有“赭衣塞路”的记载。白袷（jiá）亲朋易水秋：

战国时，燕太子丹派勇士荆轲刺秦王，送行的人都穿戴白衣冠到易水饯别。高渐离击筑，荆轲和歌：“风萧萧兮易水寒，壮士一去兮不复返。”这两句诗人用秦始皇的暴政比喻清的暴政，用荆轲刺秦王比喻张煌言的抗清举动。

4　故国：指李自成攻进北京后，明统治者在南京建立的南明政权。啼猿：杜甫《秋兴八首》中有“听猿实下三声泪”和“每依北斗望京华”的诗句，这里诗人化用其意，言南明已亡，不复存在，但是人们仍不忘故国。

5　茱萸黄菊：指重阳节。这两句说，一年一度的重阳节本是寻常的事，但今年由于英雄就义，使人倍觉伤感，轻易地白了头。

｜延伸阅读｜

九日五首·其一

［唐］杜　甫

重阳独酌杯中酒，抱病起登江上台。

竹叶于人既无分，菊花从此不须开。

殊方日落玄猿哭，旧国霜前白雁来。

弟妹萧条各何在，干戈衰谢两相催！

小　至[1]

［唐］

杜　甫

天时人事日相催，冬至阳生春又来[2]。
刺绣五纹添弱线，吹葭六管动浮灰[3]。
岸容待腊将舒柳，山意冲寒欲放梅[4]。
云物不殊乡国异，教儿且覆掌中杯[5]。

注释

1　小至：冬至前一日称“小至”。

2　冬至：二十四节气之一，阳历十二月二十二日左右。这一天白昼最短，以后天就渐渐长了。所谓“日南至，渐长至也”。古人认为，“十一月中，终藏之气，至此而极”，因此有“冬至一阳回”的说法。有时也称冬至为“一阳生”。天文学上则把冬至规定为北半球冬天的起始。我国古代的历法，以冬至为岁始，也就是从冬至这一日起，开始新的一年。诗人在这里说的是，日子一天天过去了，转眼冬至又到了。

3　五纹：五色线。弱线：即一线。冬至后白昼渐去，民间有

“吃了冬至面，一日添一线”的谚语。关于一线有两种说法，一种是说由于白昼渐长，宫中女工比常日增一线之功。一种说由冬至始，日晷可增一线之影。诗人这里取的显然是前一解。吹葭：古人测试节候的一种方法。将葭膜烧成灰，放在十二律管中，置于密室。每一节候到，某律管中的葭灰即飞出。第六律管属黄钟律管，此管葭灰一动，说明冬至节到了。

4　待腊：腊月过后。这一联诗人都是在抒写冬至前后的节令变化。先说冬至过后，白昼渐长；后说冬至到，就预示着春天的到来。河边的柳树冬至后又将泛绿，山上的梅花也在寒风料峭中，含苞欲放。

5　云物：景物。这两句说，眼前的景物虽无异处。却是他乡，感伤之情陡起，吩咐儿子酌酒以浇愁。

|延伸阅读|

癸巳小至

［宋］艾性夫

舌在贫何害，脾清瘦不妨。

天心半夜子，道脉一分阳。

山色春秋老，梅花天地香。

半炉煨芋火，意味颇悠长。

冬至夜思家[1]

［唐］

白居易

邯郸驿里逢冬至，抱膝灯前影伴身[2]。

想得家中夜深坐，还应说着远行人[3]。

注释

1　冬至同元旦、寒食、端午、重阳等一样，为古代很重要的一个节日，所以引起诗人的乡思。

2　邯郸：今河北省邯郸市。驿：驿站。古代为来往官员和传送公文的人所设置的住宿、换马之处。

3　远行人：诗人自指。诗人在节日的深夜灯前独坐，遥想家中的人们也一定是深夜不得眠，在怀念着出远门的亲人。这两句与王维的“遥知兄弟登高处，遍插茱萸少一人”有异曲同工之妙。

冬至日独游吉祥寺[1]

［宋］

苏 轼

井底微阳回未回，萧萧寒雨湿枯荄[2]。
何人更似苏夫子，不是花时肯独来[3]？

注释

1 吉祥寺：杭州有名的古刹，后易名为广福寺。

2 井底微阳：据古籍记载，“冬至水泉动”，是说从冬至日起逐渐转暖。又有“十有一月，微阳动”的说法，阳指暖气。荄：草根。这两句点明时令与当日的天气。冬至这天，下着雨。

3 吉祥寺中牡丹最盛。名人巨公皆纷纷游赏，题咏甚多。诗人在这一年的春天曾游吉祥寺，观赏牡丹，有《吉祥寺赏牡丹》绝句。此日正值冬至，诗人又来游吉祥寺了，所以说“不是花时肯独来”。

冬至后

［宋］

张文潜

水国过冬至，风光春已生[1]。

梅如相见喜，雁有欲归声[2]。

老去书全懒，闲中酒愈倾[3]。

穷通付吾道，不复问君平[4]。

注释

1　此时诗人谪居在长江边上的黄州，所以说是水国。首联说南国水乡到了冬至的时候，已经有了春意。

2　“梅如”二句：用拟人手法写春意，诗人仿佛看见了相别一年的梅花在相互道喜，又好像听见了大雁要返回北方的声音。

3　“老去”二句：言人老了，书也懒得读了。闲来就喝喝酒，聊以自慰。

4　穷通：穷困与显达。君平：指汉代严君平。君平曾在成都卖卜。前句诗人用《庄子·让王》中语：“古之得道者，穷亦乐，通亦乐，所乐非穷通也。”后句是用汉代君平成都卖卜的典故。意思是，穷困也好，富贵也罢，对诗人来说都无所谓，也无须求神问卜。诗人张文潜晚年自甘贫困，口不言贫，态度很为通达，所以这样说。此诗作者先写景、言情，最后表明自己的志向，自然、简洁，无雕琢痕迹。

| 延伸阅读 |

冬　至

［宋］王安石

都城开博路，佳节一阳生。
喜见儿童色，欢传市井声。
幽闲亦聚集，珍丽各携擎。
却忆他年事，关商闭不行。

辛酉冬至[1]

[宋]

陆　游

今日日南至，吾门方寂然[2]。
家贫轻过节，身老怯增年[3]。
毕祭皆扶拜，分盘独早眠[4]。
惟应探春梦，已绕镜湖边[5]。

注释

1　辛酉冬至：南宋嘉泰元年（1201）的冬至节。此时诗人陆游七十七岁。

2　日南至：冬至这一天，白昼最短，日头偏南，跑到南回归线去了。冬至在古代是一年中较为重要的节日。在这天，官员们要休假，皇帝要接受群臣的庆贺，民间也互相馈送酒食，穿新衣，贺节。诗人头两句说，冬至到了，可是我家门庭冷清清的。

3　“家贫”二句：诗人自况。意思是，家里没钱的怕过节，自己么，因为年事已高，也怕过节。按风俗，吃罢冬至饭，即添一岁。

4　毕祭：指冬至这一天，家族中祭祀祖先的活动。这一联的意思是，诗人年纪高迈，行祭礼时，都由子孙们扶着，夜饭未罢，就早早地睡了。

5　镜湖：湖名，在浙江绍兴，陆游的家乡。这里诗人说自己在梦中探春，来到了镜湖边上。

| 延伸阅读 |

冬　至

[宋]陆　游

老遇阳生海上村，川云漠漠雨昏昏。

邻家祭彻初分胙，贺客泥深不到门。

万卷纵横忘岁月，百年行止村乾坤。

明朝晴霁犹堪出，南陌东阡共一樽。

杂　咏

［元］

杨允孚

试数窗间九九图，余寒消尽暖回初[1]。

梅花点遍无余白，看到今朝是杏株[2]。

注释

1　九九图：古代的人们把夏至和冬至以后的八十一天分为九段，以九天为一段，分别叫作“夏九九”“冬九九”。“夏九九”已不流行，“冬九九”却流传至今。九九图，又叫九九消寒图，是古人数九之图。此图画梅花一枝，共有八十一瓣。从冬至起，每天染色一瓣，至最后一瓣时，九九出，这时已是春天了。诗人首联表示的就是此意。

2　关于九九图的染法。每日往素白的梅花上着色的位置因天气变化而不同。阴天染花瓣的上半圈，晴天反之；风天染左边，雨天染右边，雪天染中间。这是一种雅图。还有一种俗图，是用白纸印上横、竖九行圆圈，每天涂一圈，涂法和上述的相同。宫中所用的九九消寒图在每九之后都附上一首浅俗易懂的诗歌。当九九八十一天时，再看图上的对联，正是“试看图中梅黑黑，自然门外草青青”，原来冬去春来，外面已是花木争妍了。诗人在这里说的是“看到今朝是杏株”。

| 延伸阅读 |

早 花

［唐］杜 甫

西京安稳未，不见一人来。
腊日巴江曲，山花已自开。
盈盈当雪杏，艳艳待春梅。
直苦风尘暗，谁忧容鬓催。

腊日宣诏幸上苑[1]

［唐］

武则天

明朝游上苑，火急报春知。

花须连夜发，莫待晓风吹[2]。

注释

1　腊日：古时腊祭的日子。腊由猎、腊衍变、简化而来，旧时严格地用“腊”字，意思是，年终的时候，猎取禽兽以祭祀先祖。汉代时定冬至后第三个戌日为“腊”日，后来改为十二月初八日。唐代以大寒后的辰日为腊。宣诏：传旨、宣达诏书。幸：帝王到达某地称“幸”，如“游幸”“临幸”等。上苑：供帝王游赏、打猎的园林。

2　相传天授二年（691）腊日，大臣诈称上苑花开，请武则天前去观赏。武则天怀疑有阴谋，于是作此诗代命令，次日凌晨，果然百花盛开，大臣们都惊呆了。小说《镜花缘》就是由此生发出来的。

腊 日

[唐]

杜 甫

腊日常年暖尚遥，今年腊日冻全消[1]。

侵陵雪色还萱草，漏泄春光有柳条[2]。

纵酒欲谋良夜醉，归家初散紫宸朝[3]。

口脂面药随恩泽，翠管银罂下九霄[4]。

注释

1 今年腊日：指唐至德二年（757）的腊日。这时诗人四十六岁，任左拾遗。

2 侵陵：侵犯、欺凌。萱草：草名。又名鹿葱、忘忧、宜男、金针花。以上四句写的是至德二年的春天来得早，腊日前后就到处显露着春意。

3 紫宸：唐大明宫的紫宸殿，是皇帝接见群臣的所在。

4 口脂面药：涂在唇和脸上的防冻油脂。翠管银罂：容器。前者是碧镂牙筒，后者是一种口小肚大的容器。唐代时，皇帝要在腊日这天向大臣们赐赠口脂、腊脂，盛在容器中，即诗人所说的“翠管银罂”。末联诗人写的就是宫中赐物这件事。

腊日二首[1]

[宋]

张文潜

一

腊日开门雪满山，愁阴短景岁将阑[2]。

江梅飘落香元在，汀雁飞鸣意已还[3]。

佳节再逢身且健，一樽相属鬓生斑[4]。

明光起草真荣事，寂寂衡门我且闲[5]。

二

异乡怀旧人千里，胜日难忘酒一杯[6]。

不恨北风催短景，最怜残雪冻疏梅[7]。

江边寒色雁催尽，天上春光斗挹回[8]。

独我呼儿胜丸药，微功聊取助衰骸[9]。

注释

1　这是宋代诗人张文潜的两首腊日抒情诗。

2　愁阴：天阴得很沉。短景：指白天时间短。景：原指日光。阑：尽、晚的意思。这两句说，腊日这天一开门，只看见满山的雪，天阴得很沉。由于到了腊日，这一年又将过去了。

3　这两句的意思是，江边的梅花虽落，香气犹存。汀中的大雁鸣叫着要飞回北方了。以上四句点明时令，抒写眼前景物。

4　樽：盛酒器。这一联是诗人自况。佳节里以酒为伴，看看自己，身体虽然健康，但是两鬓已斑白了。

5　明光：汉代的宫殿名，后成为宫殿的代称，意为朝廷。衡门：木门，比喻简陋的房屋。后借指隐居者的居住处。这两句说，当官固然荣耀，但是我居衡门，不更闲静吗？诗人怀有雄才，但仕途坎坷，曾两次贬官地方。此诗大概为闲居在家时所作。诗人以梅花虽落，香气犹存自喻，旷达地看待自己的升沉。从诗中很能感受到诗人的这一心迹。

6　胜日：佳节。指腊日这一天。头两句说，腊日这天，引起了诗人的思乡愁绪，不觉又拿起了酒杯。

7　这两句诗说天寒日短并不可怕，只是严寒中的几枝梅花让人怜爱。意味深长，尤其是“残雪冷疏梅”句，真有点只可意会，不可言传的味道。

8　斗：北斗星。古时以北斗星的不同指向来说明地上的四时变化。斗柄东指，天下皆春；斗柄南指，天下皆夏；斗柄西指，天下皆秋；斗柄北指，天下皆冬。又有星回而岁终的说法。这两句诗人在说节令的变化。江边的寒色被大雁北归的鸣叫催尽了，天上的星斗也因春光的到来而向东转回来了。

9　微功：微小的功效。衰骸：衰弱的身体。自唐以后，腊日这一天，皇帝要向臣下赐口脂面药。这里诗人写的是自己赋闲在家，得不到这份恩宠，所以只有呼唤儿子拿来丸药。丸药的功效虽小，却有助于诗人衰弱的身体。

| 延伸阅读 |

和腊日

［宋］梅尧臣

猎鼓逢逢奏，寒冰鱟鱟消。

正怜风日暖，不似雪霜朝。

敢问祠黄石，休从击皁雕。

楚郊梅萼未，垅麦已多苗。

腊月村田乐府十首（选四首）[1]

[宋]

范成大

冬舂行[2]

腊中储蓄百事利，第一先舂年计米[3]。
群呼步碓满门庭，运杵成风雷动地[4]。
筛匀箕健无粞糠，百斛只费三日忙[5]。
齐头圆洁箭子长，隔篱耀日雪生光[6]。
土仓瓦龛分盖藏，不蠹不腐常新香。
去年薄收饭不足，今年顿顿炊白玉。
春耕有种夏有粮，接到明年秋刈熟[7]。
邻叟来观还叹嗟，贫人一饱不可赊。
官租私债纷如麻，有米冬舂能几家[8]。

注释

1　这里所选的四首诗出自诗人范成大以腊月吴地风俗为主题的组诗（十首）。诗人自言：余归石湖（诗人在苏州的石湖别墅），往来田家，得岁暮十事，采其语各赋一诗，以识土风，号《村田乐府》。

2　舂（chōng）：把谷壳捣掉叫作舂米。行：古诗的一种体裁，又叫歌行体。《冬舂行》是一首关于冬天舂米的歌。关于冬舂米，诗人有两段话，其一：腊日舂米为一岁计，多聚杵臼，尽腊中毕事，藏之土仓瓦瓮中，经年不坏，谓之冬舂米。又：冬舂米取此时米坚，舂之少折耗，又可经岁不蛀坏。有"四糙""发极黄"等名目。

3　腊中：腊月中。这里指腊日。储蓄：积贮备用。利：顺利，吉利。年计：一年所用。

4　碓（duì）：舂米的装置。杵：捣棰。

5　斛（hú）：量器名。古时以十斗为一斛．后又以五斗为一斛。这两句写村人舂米的景况。

6　齐头：齐头白，与下文的箭子，均为米名。土仓瓦瓮：盛米的器物。这两句说，将舂好、筛净的大米分别储藏在土仓、瓦瓮中。

7　刈（yì）：收割。

8　赊：久、长。在这两联里，诗人感叹说，穷人将收获下的稻米缴租还债后，所剩无几，想吃一顿饱饭也不可多得。到了腊日舂米时节，有米舂的有几家呢？诗人对贫苦农民"年年辛苦为谁忙"的实景的同情溢于言表。

灯市行[1]

吴台今古繁华地，偏爱元宵灯影戏[2]。
春前腊后天好晴，已向街头作灯市[3]。
叠玉千丝似鬼工，剪罗万眼人力穷[4]。
两品争先最先出，不待三五迎春风[5]。
儿郎种麦荷锄倦，偷闲也向城中看。
酒垆博簺杂歌呼，夜夜长如正月半[6]。
灾伤不及什之三，岁寒民气如春酣。
“侬家亦幸荒田少，始觉城中灯市好！”[7]

注释

1　关于《灯市行》，诗人是这样说的：风俗尤竞上元，一月前已买灯，谓之灯市，价贵者数人聚博，胜则得之，喧盛不减灯市。

2　吴台：指春秋吴王阖闾（一说夫差）所筑之姑苏台，此代指苏州。灯影戏：即皮影戏。

3　春前腊后：指腊月。灯市：上元节前放灯和售物的集市。

吴地的风俗，腊月里就有灯市了。

4　叠玉千丝：一种玻璃球灯，以料丝为灯，每一缝隙映出一朵花。剪罗万眼：即万眼罗灯，用碎罗红白相间而砌成，多至万眼。这两种灯都是用工最多、功夫最细的灯。

5　三五：指正月十五。

6　博簺：古代的一种走棋类游戏。投骰子走棋的叫博，不投骰子的叫簺。这里泛指赌博。

7　什之三：十分之三。末四句说，丰年喜庆，农家喜气洋洋逛灯市。

祭灶词[1]

古传腊月二十四，灶君朝天欲言事[2]。

云车风马小留连，家有杯盘丰典祀[3]。

猪头烂热双鱼鲜，豆沙甘松粉饵团[4]。

男儿酌献女儿避，酹酒烧钱灶君喜[5]。

“婢子斗争君莫闻，猫犬触秽君莫嗔。

送君醉饱登天门，‘杓长杓短’勿复云。

——乞取利市归来分！”[6]

注释

1　关于《祭灶词》，诗人说，腊月二十四夜祀灶，其说谓灶神翌日朝天，言一岁事，故前期祷之。

2　灶君：即灶神。

3　小留连：相传灶君上天之前要逗留一会儿。

4　这两句说供祀灶君的食品丰富、暖热、新鲜。

5　古有“男不拜月，女不祭灶”之说，所以这里说“女儿避”。

6　“婢子”以下五句：婢子打架你装作没听见，小猫小狗弄脏了祭品，你不要生气，让你酒足饭饱送你上天，家中是非不要说了，带个吉利回来我们大家分享。杓长杓短：吴中俗语，“是非”之意。

烧火盆行[1]

春前五日初更后，排门然火如晴昼[2]。

大家薪干胜豆䕸，小家带叶烧生柴[3]。

青烟满城天半白，栖鸟惊啼飞磔格[4]。

儿孙围坐犬鸡忙，邻曲欢笑遥相望。

黄宫气应才两月，岁阴犹骄风栗烈[5]。

将迎阳艳作好春，政要火盆生暖热[6]。

注释

1 吴中的风俗，在腊月二十五的晚上，各家各户在门前烧起火盆，不分贫富，叫“相暖热”。

2 然：同“燃”。

3 大家：富家。小家：穷家。从烧的柴火上就能分出贫富。

4 磔格：鸟飞时羽翅破空的声音。

5 黄宫：黄钟之宫，十二律吕之首。古时以律管置灰以验节气。栗烈：凛冽。

6 将迎：迎接。阳艳：指春天。政：同“正”。末两句点题，言烧火盆迎春。

燕京岁时杂咏（选一首）[1]

［清］

孙 雄

家家腊八煮双弓，榛子桃仁染色红[2]。

我喜娇儿逢览揆，长叨佛佑荫无穷[3]。

注释

1 燕京：即今日的北京市。《燕京岁时杂咏》是诗人关于北京四时节候、风土人情的一组杂诗。这里选咏腊八诗一首。

2 腊八：佛教节日。相传农历十二月初八日是释迦牟尼的成道日，佛寺在这一天要诵经。并效法释迦牟尼成道前牧女献乳糜的传说故事，取香谷及果实等造粥供佛，叫“腊八粥”。后来传入民间，成为一种习俗，十二月初八喝腊八粥，就不只是供佛的含义了，还有一年下来庆丰收的意思。双弓：拆字法，即“粥”字。染色红：腊八粥又名“七宝粥”，用黄米、白米加菱角、栗子、红豆、豇豆和去皮枣泥煮成，还要用染红的榛子仁、杏仁、瓜子、花生、葡萄干等加以点缀，再加上白糖、红糖。现在北京的人家还有喝腊八粥的习惯，不过都是自家喝，过去则是首先供佛、赠送亲友。诗的前两句说的就是腊八煮粥的这一习俗。

3 览揆：生辰的代称。词出《离骚》："皇览揆余初度兮。"末两句说，我的娇儿正好是腊八的生日，但愿能够得到神佛的保佑、荫护。

| 延伸阅读 |

腊　八

［清］夏仁虎

腊八家家煮粥多，大臣特派到雍和。

圣慈亦是当今佛，进奉熬成第二锅。

祭灶诗[1]

［元］

程文海

何年呼得灶为君，鼻是烟窗耳是铛[2]。

深夜乞灵余不会，但令分我胶牙饧[3]。

注释

1 祭灶：祭祀灶王，古代的五祀之一。五祀为门、户、井、灶、中霤（土神）。灶王也称灶君、灶神。相传古代颛顼氏的儿子祝融生前司火，死后为灶神。汉代时，南阳人阴子方积恩好施，常常祭祀灶神。有一个腊日做早饭时，灶神显圣了。阴子方赶紧下拜，慌忙中将手边的黄羊拿来敬神。在灶神的荫庇下，他的孙子阴识、阴兴都封了侯，当州官数十年。后来阴家的子孙在腊日这天就用黄羊供祀灶神，祭灶就传下来了。关于祭灶的来由，民间还有各式各样的传说。祭灶的日子不同，南方在农历腊月二十四，北方则是二十三。

2 何年呼得灶为君：祀灶君，最早见于《周礼》。烟窗：烟道。铛（chēng）：做饭用的平底锅。这两句诗人是说，不知从什么年月起叫起灶君来了，他不就是“鼻是烟窗耳是铛”

的灶台吗？

3　余：灶君自称。灶君是一家之主，据说他要在每年农历腊月二十三或二十四这天夜里上天，向天帝言说一年的好恶。所以这一天要供祀糖，为的是粘住灶王的嘴，让他隐恶扬善，以免天帝的惩罚。所谓灶上对联“上天言好事，下界保平安”就是此意。胶牙饧即麦芽糖。这两句的意思是，我（诗人模拟灶君口气）没有什么灵性，也上不得天，只是分享人间的糖果吃罢了。祭灶本来是很郑重、很严肃的，但诗人在这里一反其意，用大不恭的言语讥刺灶王，其实是对祭灶这种迷信活动的讥刺。

| 延伸阅读 |

祭灶诗

［宋］吕蒙正

一碗清汤诗一篇，灶君今日上青天。

玉皇若问人间事，乱世文章不值钱。

燕京岁时杂咏（选一首）[1]

［清］

唐禹昭

纸幡甲马列厨东，司命遄行薄醉中[2]。

天上去来才七日，凡人无此大神通[3]。

注释

1　这是一首反映北京居民农历腊月二十三祭灶的竹枝词。旧时北京祭灶的风俗很盛，有一首北京俗曲很能说明这种景况：“年年有个家家忙，二十三日祭灶子。当中摆上一桌供，两边配上两碟糖。黑豆干草一碗水，炉内焚上一股香。当家的过来忙祝赞，祝赞那灶王老爷降了吉祥。”黑豆干草是给灶王上天所骑的马预备的饲料。

2　纸幡甲马：灶马，即印就的灶王像。北京的地方风俗，农历腊月二十四日这天，家家将灶马贴于墙上，用糖等食品供祀。晚上焚烧灶马，称之送灶神上天。厨东：厨房的东墙。古时东是主人的代称，因相传灶王是一家之主，所以供奉在东墙上。司命：人间供祀的神叫司命。这里指灶神。遄行：迅疾地行动。这两句说的是民间祭祀灶神的风俗。

3　七日：相传二十三送神，三十迎神，正好是七日。这两句说的就是这一传说。

| 延伸阅读 |

姑苏竹枝词·跳灶神

［清］周宗泰

又是残冬急景催，街头财马店齐开。

灶神人媚将人媚，毕竟钱从囊底来。

守　岁[1]

［唐］

李世民

暮景斜芳殿，年华丽绮宫[2]。

寒辞去冬雪，暖带入春风。

阶馥舒梅素，盘花卷烛红[3]。

共欢新故岁，迎送一宵中[4]。

注释

1　这一首“守岁”和下一首意思基本相似，但这首诗很能看出唐太宗李世民的文才。唐太宗这首五律清新可读，是初唐难得的好诗之一。

2　暮景：夕阳。芳殿、绮宫：指华丽的宫殿。这两句写皇帝宫苑中逢除夕。

3　馥（fù）：香气浓郁。盘花：这里指供品。此两联说除夕这一夜将送走寒冬，迎来春日。宫中悬灯结彩，喜气洋洋，梅花阵阵飘香。

4　尾联切“守岁”题，举国上下，共守良宵，送旧迎新。

守　岁[1]

［唐］

李世民

四时运灰琯，一夕变冬春[2]。

送寒余雪尽，迎岁早梅新[3]。

注释

1　守岁：因为除夕的夜晚“一夜连双岁，五更分二年”，所以人们终夜不眠，以送旧岁、迎新岁。守岁的习俗据说起于南北朝时，到了唐代就很盛行了。唐代诗人包括唐太宗有很多关于守岁的吟咏。

2　四时：春、夏、秋、冬四季。运：运行。一夕：指除夕这一晚。这两句说，只经过除夕这一夜，节序就有了变化。

3　后两句的意思是，人们守岁，送走了严冬，迎来了春天。

除　夜[1]

［唐］

王　諲

今岁今宵尽，明年明日催。

寒随一夜去，春逐五更来[2]。

气色空中改，容颜暗里回。

风光人不觉，已着后园梅[3]。

注释

1　除夜，自然让人想起送旧迎新，不知不觉中寒去春来，风光暗转。人虽不觉，而后园的梅花却向人间透示出春天的气息。此诗旨在描写春节前后的节令变化，但全无具体形象，只在末句点一梅花，景象全新。

2　“今岁”四句：旨在说明，节气的变化仅在除夕这一夜之间。

3　气色：景象。容颜：风光。这两联的意思是，景象更新，风光暗转，人虽不觉，后园的梅花却在报春了。

除夜作[1]

［唐］

高　适

旅馆寒灯独不眠，客心何事转凄然[2]？

故乡今夜思千里，霜鬓明朝又一年[3]。

注释

1　除夜：即除夕。

2　客：诗人自指。这两句说，诗人在旅馆之夜，守灯而坐，孤寂中心里越来越凄凉。

3　“故乡”二句：承上言“凄然”的原因是因为思念千里外的家园，还因为过了今夜，又开始了新的一年，头发又白了一层。这里诗人自问自答，将除夕夜的思乡之愁与流年催人老之忧融为一体，和谐自然。

杜位宅守岁[1]

［唐］

杜 甫

守岁阿戎家，椒盘已颂花[2]。
盍簪喧枥马，列炬散林鸦[3]。
四十明朝过，飞腾暮景斜[4]。
谁能更拘束，烂醉是生涯[5]。

注释

1 杜位：诗人杜甫的从弟。

2 阿戎：晋代称从弟为阿戎，即杜位。椒盘：用盘子盛上花椒，饮酒时取花椒放置酒中。和饮屠苏酒一样，是除夕、春节的一种仪式。颂花：诗人在这里说的是“椒花颂”。晋时刘臻的妻子陈氏曾在正月初一献椒花颂，后来就成为新年的祝词。诗人前两句说的就是在杜位家中守岁，已经行过椒花颂了。

3 盍：同“合”。簪：用来绾头发或联结发、帽的长针。盍簪，原意指衣冠会合，后指亲族、朋友聚首。枥：马槽。这两句说，由于过年，亲人团聚，家宅热闹，惊吵了槽边的马匹。

终夜不熄的明烛照散了林中的乌鸦。诗人在这里极写守岁的喧闹及热烈的气氛。

4 飞腾：指宦途的升迁。这一联是诗人对自己宦途坎坷的慨叹。此时作者三十九岁，正值强壮之年，而出仕未定，所以说“暮景斜”。

5 “谁能”二句：升官无望，所以才“烂醉是生涯”。

| 延伸阅读 |

西京守岁

［唐］骆宾王

闲居寡言宴，独坐惨风尘。
忽见严冬尽，方知列宿春。
夜将寒色去，年共晓光新。
耿耿他乡夕，无由展旧亲。

除夜宿石头驿[1]

［唐］

戴叔伦

旅馆谁相问，寒灯独可亲。

一年将尽夜，万里未归人[2]。

寥落悲前事，支离笑此身[3]。

愁颜与衰鬓，明日又逢春。

注释

1　这是一首写除夜羁旅之愁的诗。除夕之夜，诗人独宿驿站，只有寒灯相伴。尽管是冬去春来，但羁旅之人也欢乐不起来。这首诗语句简洁明了，没有任何景物描写，却把在这种特定氛围中的乡愁表现得意味十足。

2　万里未归人：诗人自指。

3　寥落：寂寞。支离：原意为分散，这里诗人说自己离家在外，与亲人分离。

除夜野宿常州城外二首[1]

[宋]

苏轼

一

行歌野哭两堪悲，远火低星渐向微[2]。
病眼不眠非守夜，乡音无伴苦思归[3]。
重衾脚冷知霜重，新沐头轻感发稀。
多谢残灯不嫌客，孤舟一夜许相依[4]。

二

南来三见岁云徂，直恐终身走道途[5]。
老去怕看新历日，退归拟学旧桃符。
烟花已作青春意，霜雪偏寻病客须。
但把穷愁博长健，不辞最后饮屠苏[6]。

注释

1　这两首诗是苏东坡于熙宁六年（1073）作。这年十一月，诗人奉命往常州等地赈济，至次年五月事毕归杭。

2　开头两句诗人的调子很低，写明这年除夕是在船上孤独地过去的。

3　这两句诗人说，不成眠，不是因为守岁，而是为强烈的思归情绪所搅扰。“病眼不眠非守岁”是诗人化用白居易《除夜》诗中“病眼少眠非守岁”句。

4　“多谢”二句：言孤寂清冷中，只有灯盏相伴。除夕，送旧迎新本是喜庆的事．但诗人这首诗却相反，使人读了倍觉凄清。

5　“南来”句：北宋京城为汴梁（今河南省开封市），苏轼熙宁四年任杭州通判，至作此诗时已三年。故有“南来三见岁云徂”语，即到南方来已经历过三个除夕了。岁云徂：一年过了。

6　“不辞”句：过年饮屠苏酒是以先幼后长为序。至于缘由，有多种说法：后汉时李膺、杜密以同党罪入狱。适逢元日，于狱中饮酒，说：“元旦从小起。”晋时有过年小者长一岁，因此先饮酒敬之，老者失一岁，故后饮酒。苏轼作此诗时，三十九岁。古人年四十，已感到衰老了。

除夜[1]

［宋］

陈与义

城中爆竹已残更，朔吹翻江意未平[2]。
多事鬓毛随节换，尽情灯火向人明[3]。
比量旧岁聊堪喜，流转殊方又可惊[4]。
明日岳阳楼上去，岛烟湖雾看春生[5]。

注释

1　这首诗写得很是清新别致。尤其是末联，出人意料，诗人不是在说意念上的“春生”，而是要在元日登上岳阳楼看春生，显得很活泼、流动。

2　残更：天将亮。朔吹：指北风。

3　“多事”二句：言守岁的灯火中又添了一岁。诗人陈与义经历了北宋南迁的社会动荡。作此诗时，正是诗人向南方逃难，滞留襄阳等地时。所以诗人说“多事鬓毛随节换”。下联的“流转殊方”即是此意。

4　比量：比较。殊方：异域他乡。

5 岳阳楼：在湖南岳阳市古城西门城墙之上。始建于唐，下瞰洞庭湖，为著名的风景地。很多的著名诗人都有关于岳阳楼的吟咏。岛烟湖雾：这里指湖上的景致。

｜延伸阅读｜

除　夜

［唐］曹　松

残腊即又尽，东风应渐闻。

一宵犹几许，两岁欲平分。

燎暗倾时斗，春通绽处芬。

明朝遥捧酒，先合祝尧君。

除　日

［宋］

朱淑真

爆竹声中腊已残，酴酥酒暖烛花寒[1]。

朦胧晓色笼春色，便觉风光不一般[2]。

—— 注释 ——

1　酴酥：即屠苏酒，用一种叫屠苏的药方配制的酒。相传屠苏原是一座草庐，里面住着的人，每到除夕那天. 就送一服中药给乡邻，叫人们把药装进布口袋里泡在井中，初一时当酒饮用，可以消灾祛病。后来人们便把这药方连同那个人都叫作屠苏。饮屠苏酒最初是在元日那天，饮时先幼后长。到了唐宋时就改在除夕时喝了。

2　这两句是说，除夕一过，将冬去春来。

除夜[1]

［宋］

朱淑真

穷冬欲去尚徘徊，独坐频斟守岁杯。

一夜腊寒随漏尽，十分春色破朝来。

桃符自写新翻句，玉律谁吹定等灰[2]。

且是作诗人未老，换年添岁莫相催。

注释

1　这首《除夜》诗写得很有意境，将除夕写得既长且短。短是从时间上讲，“一夜腊寒随漏尽”；长是抒写自己的心境“穷冬欲去尚徘徊，独坐频斟守岁杯”。最后“换年添岁莫相催”一句收尾，令人悚然。

2　桃符：春联的别称。关于桃符，汉代就有记载。相传上古时，东海度朔山上住着神荼（shū）、郁垒兄弟俩。兄弟二人皆能降鬼。度朔山上有一棵大桃树，兄弟俩就在树下查勘百鬼。凡是无缘无故祸害人类的，就用苇索捆起来，送给老虎吃掉。后来就有县官腊月除夕时在门户两边摆上用桃木刻成的木偶，并且悬挂苇索、虎像，用来驱鬼辟邪。后来又衍化为除夕时在门两边悬挂桃木板，上面画有神荼、郁垒像，这就是桃符。五代时，后蜀主孟昶每当除岁，便命学士作词，题写桃符，放在寝室的左右。有一年孟昶命学士辛寅逊题桃符板，认为辛的词句不好，就亲手题了一联："新年纳余庆，嘉节号长春。"这便是现今看到的第一副春联，这时候的春联还是题在木板上的。"玉律"句：写除夕人们尽夜而欢，谁还去看玉律飞灰，等待时辰呢？

| 延伸阅读 |

除　夜

［宋］吴锡畴

日月跳丸岁又除，书生作计太迂疏。

也知穷鬼难驱逐，郁垒神荼莫用渠。

除夜自石湖归苕溪[1]

［宋］

姜　夔

笠泽茫茫雁影微，玉峰重叠护云衣[2]。

长桥寂寞春寒夜，只有诗人一舸归[3]。

注释

1　除夜：指宋绍熙二年（1191）的除夕。石湖：苏州与吴江之间的风景区，范成大在这里建别墅。苕溪：在今浙江省湖州市吴兴区，姜夔的家在那里。这一年的冬天，姜夔到石湖拜访范成大，留月余返归。

2　笠泽：太湖。玉峰：指太湖诸山。护云衣：指围绕山间的岚气。这两句写船行在太湖上所看到的景致。

3　舸：船。这两句说，走着走着天黑了，茫茫的湖面上只有诗人所乘的一叶归舟。

除　夜

[宋]

文天祥

乾坤空落落，岁月去堂堂[2]。

末路惊风雨，穷边饱雪霜[3]。

命随年欲尽，身与世俱忘[4]。

无复屠苏梦，挑灯夜未央[5]。

注释

1　除夜：指元世祖忽必烈至元十八年（1281）除夕。至元十七年（1280），民族英雄文天祥抗元失败，被俘入狱，囚于燕京（元代首都，今北京）。三年后被杀，至死不屈。此诗即是他在狱中所作，字里行间流露出亡国之痛。

2　乾坤：天地。这两句诗人的意思是，国家已亡，天地间是空落落的，岁月也是公然流逝了。

3　“末路”二句：写他入狱前所经历的风风雨雨。

4　“命随”二句：言自己的生命如同旧年的除夕一样，已到尽头。文天祥早已将生死置之度外，而且坚守与国家共存亡的心志，所以有这样的言语。

5　未央：未尽。这两句诗人说，守岁饮屠苏酒已成为过去的事了，这漫漫长夜何时才能过去呢?

|延伸阅读|

除　夜

［宋］戴复古

扫除茅舍涤尘嚣，一炷清香拜九霄。

万物迎春送残腊，一年结局在今宵。

生盆火烈轰鸣竹，守岁筵开听颂椒。

野客预知农事好，三冬瑞雪未全消。

乙酉岁除八绝句（选一首）[1]

［清］

傅　山

纵说今宵旧岁除，未应除得旧臣荼[2]。
摩云即有回阳雁，寄得南枝芳信无[3]。

注释

1　本题八首，此选一首。乙酉：即公元1645年，清兵入关，明朝灭亡的第二年。诗人傅山，为明秀才，明亡后，换道士装，隐居在山西青羊山。清康熙时，授傅山官职，不应。

2　纵说：纵使说。旧臣：诗人自指。荼：一种苦菜，这里作苦讲。

3　摩云：形容鸟飞得高，能触着云彩。回阳雁：返回北方的大雁。大雁每年秋天飞到南方过冬，春天飞回北方。芳信：好消息。这两句说，大雁就要飞回北方来了，它们能带来南方的好消息吗？此时，明唐王聿键在福州建立政权，诗人还希冀着他能恢复中原呢。

癸巳除夕偶成[1]

［清］

黄景仁

一

千家笑语漏迟迟，忧患潜从物外知[2]。
悄立市桥人不识，一星如月看多时[3]。

二

年年此夕费吟呻[4]，儿女灯前窃笑频。
汝辈何知吾自悔，枉抛心力作诗人[5]。

注释

1 癸巳：乾隆三十八年（1773）。这两首诗都是写除夕时寂寞、抑郁的心情。

2 漏：漏壶。迟迟：指时间慢慢地流逝了。潜：暗暗地。物外知：从时间流逝、外物变迁中有所感觉。这两句说，在一片守岁的欢笑声中时间慢慢地流逝了，一阵阵忧愁袭上心头。

3 “悄立”二句写诗人忧戚、抑郁，不堪热闹，终于走出家门，久久地立于桥上，看着天上的星月，想着心事。

4　吟呻：指作诗。

5　枉抛：空费。诗人言自悔，其实不然。诗人黄景仁（仲则）平生怀才不遇，生活穷困，又多有倜傥不羁之气，所以这里实是愤激之语。

| 延伸阅读 |

除　夜

［清］乾　隆

此日乾隆夕，明朝嘉庆年。

古今难得者，天地赐恩然。

父母敢言谢，心神增益虔。

近成老人说，云十幸能全。

守　岁[1]

［清］

王崇简

夜久怜春逼，开樽不欲眠。
今宵尚今岁，明日即明年。
万古推迁夕，千门宴乐天[2]。
爆声听不断，远近凤城边[3]。

注释

1　这是明末清初诗人王崇简写的一首北京人过除夕的诗。明清之际的北京，除夕、过年除了以往的饮屠苏酒、守岁等习俗外，又有了更多的讲究，更加隆重、热闹。除夕的前一天，叫小除。这一天各家各户要置办酒宴，亲戚朋友们往来交谒，叫“别岁”。除夕的黄昏，大人孩子们就要妆扮起来，在家长的带领下，供祭祖先、行礼，叫“辞岁”。吃罢团圆饭后，孩子们把预先买好的芝麻秆等撒在院子及各个角落里，人走在上面吱吱作响，叫“踏岁”；点燃松柏枝，一夜不熄，叫“烬岁”；踏岁、烬岁都是取踏掉、烬掉即将过去的一年的秽气的意思。用红绳穿钱，盘成龙形，放在床脚，叫“压岁钱”。后来大人们过年时给孩子的钱也叫压岁钱。将近午夜，爆竹声响，意在迎神，仿佛也是在宣告旧岁已去，新年将临。爆竹声震彻长夜，在一片喧闹声中，各家各户开始吃团圆饺子。这些大约就是守岁的主要内容。

2　推迁：推移、变迁。诗人在这里说，过除夕是千百年沿袭下来的。

3　凤城：京城。秦穆公的女儿弄玉，吹箫引凤，凤凰降于京城，后来就称京城为“凤城”。

| 延伸阅读 |

守　岁

［清］张泰开

暮景光如驶，连宵绛烛然。
自怜仍故我，却喜又新年。
儿检通家帖，孙哗压岁钱。
老夫无一事，枯坐半成眠。